八十後新詩集

郭楓——著

是什麼樣的人，就寫什麼樣的詩

——《八十後新詩集》小引

郭楓

一

關於詩：說我在寫作的路上走了六十多年，說我寫出過成百上千首的詩，這種資歷數字和作品數字，有什麼意義呢？詩是藝術品，藝術品的評價，根本不是量的問題而是質的問題。如果作品沒有情思深度和藝術高度，那是什麼詩呢？

這一集詩，是我在二〇一〇年八十歲後，兩年間新作的一百餘首中，汰除三分之一，加上幾首近年懷念故友詩的修正定稿，輯組而成。這冊晚年作品，我不願自我浮誇，也不願妄自菲薄。可以說的是，這是生存在普通社會的普通人，在當代混亂現實中真感實受而得的一冊詩。

我的願望在將來，我願望將來的時代，有詩學家給予適當的論評。

二

在長久的文學創作生活中，我一貫的詩觀是，拒絕談禪說道的囈語和尋夢織幻的幽趣，張揚社會思想的創作和寫實主義的藝術。

我的詩觀，由於我沒受過完整的學校教育，少有機會得到師友導引。我的詩觀，大多來自我閱讀文學作品的揣摩領悟、少小時期飄泊無定複雜境遇的體驗、以及執拗性格不會順應時勢所塑造成的。

我幼年逢上抗日戰爭，故鄉徐州自古是戰爭重地，家遭兵燹，孤零無依，存活艱難至極，辛酸淚盡往肚裡吞，白天我在田間幹活，夜晚進塾堂誦讀古籍，儒家之道由此在心裡扎下深根。抗戰勝利後，我漂泊江淮河漢間，目睹國府接收大員驕橫貪腐的情景，逃亡人民飢餓困苦流離生死的情景，南京高官權貴奢侈淫靡的情景，內心悲憤，情思煩悶，幾乎憂鬱成疾，幸而文學閱讀解救了我。閱讀五四時代和抗戰時期作家的悲憫生民之作，讓我崇仰不已；十八九世紀俄法許多偉大的小說，更以廣闊的視野教育了我。

少年的我，便決定一生走文學之路。我祈望自己一生，能以文學評判人間是非，能以文學做出社會的真實寫照。

三

一九四九年隨學校來到台北。我，一個青澀少年，不分晝夜努力寫作，時常在報刊發表些詩文，意氣風發地步入台灣文壇，夢想展開自己的創作生涯。

不久，我發現，專制統治者嚴密控管報刊，報刊取稿的態度急遽改變。所有報刊要登的文稿，不是政治口號的東西，就是脫離現實的東西。我警覺到，我的詩觀是危險的種子，我的作品面對不可測的深淵。而我在現實生活中有著很多顧慮，沒法積極勇敢地對抗殘暴的政治，只能不寫稿子，停筆冬眠。

在白色嚴寒的時代，這邊打著自由旗號的和對岸打著人民旗號的兩位領袖，都成了新皇帝。他們為了鞏固江山，大興文字獄，純正的文學家和嚴肅的作品，便是他們迫害和剷除的對象。在當時的台灣，我看到不少有品格的作家，或被害死亡、或遭受刑獄、或退避到邊緣地帶；大陸作家的著作和大陸出版的書籍，遭到澈底清洗，很長的一個階段，台灣圖書館四壁皆空，書店裡架上無書，整個社會成了文化的荒野。

在白色嚴寒的時代，那些站在文壇中心乘政治旋風飛揚的作家，是什麼樣的作家？那些戲耍文學脫離現實的作品，是什麼樣的作品？那些頂著文學冠冕的名流，生命裡隱藏著多少醜惡不可言說？

四

到了七〇年代之初，唐文標掀起了批判台灣現代詩的風暴，給混沌二十年的台灣詩壇吹進一陣新鮮空氣。各地新生代詩人趁勢集結，組詩社，辦詩刊，各種文學立場的宣言，各種詩藝形式的展示，猶如雨後春筍，蓬勃興起，至八〇年代後期，新興的詩刊詩社竟有八十餘家之多。但是，其興也勃，其滅也速，興滅之間，恍如春夢一場。

演變的情況是，原本由黨國扶植的幾家刊物，因應國內外政經形勢變化作出整合。一方面協調爭執步伐一致，結成彼此支援的聯合體；另一方面與崛起的企業財團建立官產學一家的結構。自九〇年代以後，台灣社會由資本家控制了政經文教等領域，文學書刊大規模出版和發行體系也被掌握，個別的獨立出版社，奮鬥於風雨淒其的困境中。

台灣，脫離了獨裁家的政治集權統治，又陷入了資本家的經濟集權統治。重要的電子和平面媒體話語權，都被資本家壟斷。你可以在限制範圍內自由歌吟自由批評，像關在籠子裡的鳥可以自由鳴叫。否則，你要任意寫作或任意批評，可以，隨你的便，但是很少有地方讓你發表，你只能自說自話，喃喃給自己聽。

五

新世紀第一個十年，世界由美國單極控制逐漸向諸強多元並存發展，處在東西交流風口的台灣快速發生改變。就台灣詩界來看，似乎是台灣社會的縮影。

台灣主流詩壇：固然有少數詩家堅守詩學風格，致力建設詩歌藝術；但商業潮流洶湧，追尋名利講求包裝的風氣流行。年輕輩，大多弄些瑣細情思，在蕪雜的語言草叢遊戲等等；資深詩人，有的眩暈往昔光圈中，有的翻曬陳舊圖像詩，有的拼貼詞字玩後現代主義等等。台灣本土詩團：意識形態佔據主導地位之外，有的色彩多變出入藍綠地帶，有的勉強推動母語詩等等。在兩大之間的異類：有悲憫生民困境的詩人，也有徜徉雲端生活的詩人等等。當下台灣詩壇，也進入多元並存的時代。

古今中外文學，為人生和為藝術的爭論，永遠是無解的爭論。詩人的寫作路線，由天性和環境決定。詩野廣闊，讓各種詩人各流派作品，自然發展自然生滅吧。

是什麼鳥，就唱什麼歌。是什麼樣的人，就寫什麼樣的詩。

——二〇一二年一月十八日，於新店山居

目次

卷二　五官變臉戲

卷三　人類這種動物

卷四　永存的方式

卷五　山姆式欺騙

卷六　躲在深山的湖

卷七　論詩詩

卷一

小板凳

後現代石頭

石頭加鋼鐵壘造的後現代都市
擁擠的摩天樓群猙獰聳峙
分割天空，壓縮土地
龐大企業集團發動陰森森嚴寒
冷凍全城。逼迫行道樹和孩子們
呼吸碳酸空氣咀嚼化學食物，再也不懂
田野的開闊、泥土的滋味

許多摩天樓的雲端頂級辦公室
掌控企業總部按紐的
不是一般凡人，是後現代石頭
形狀是石頭實際不是石頭
浸泡在缺乏母體文化的羊水裡成長
護送到東洋西洋加工培育琢磨上光
消滅本有的棱角尊嚴和崢嶸氣象
他們再也沒資格去比
火裡來的石頭、水裡來的石頭

後現代石頭內裡，塞滿經營的詐騙計謀
大肆拉攏權貴，奪取獨佔性商機
磕頭、進貢、俯伏皇帝腳下
丟盡石頭的硬度

專門僱用藝文化裝師
鏡頭前面，裝扮出優雅的姿勢
若把他們劈成兩半
也冒不出半點兒火星

絕冷！是後現代石頭的
基本能力。操控熱錢滾來滾去
反覆套滙炒股，培育致命的絕冷能力
宰制著人群心跳頻率
把職工當工蟻，把專家團隊當狗仔
他們，揑弄萬千百姓的生死
有時流露出
一絲詭異笑容
比雪亮的刀鋒更冷

許多摩天樓的雲端頂級辦公室
某些掌控企業總部接紐的
不是一般凡人，是後現代石頭
他們日夜興奮於
財勢、女人、媒體、名流等等圍繞
掌聲飛揚，酒色歡騰
他們視而下見哀哀嚎叫的田野
他們對泥土的情感
唉！比不上一條蚯蚓

——二〇一〇年十一月十八日凌晨於新店山居

登天術入門

老師傳教導登天術
首先要修氣象學
天威難測
看起來平和溫柔陽光燦爛
說翻臉就翻臉
驀然黑雲壓上頭頂
雷霆爆炸連聲
劈里啪啦一陣暴雨潑下
澆你個頭昏腦脹爬不起來
沒準兒這是故意洗你一場三溫暖

馬上展開笑顏
賞一架雲梯讓你攀爬登天
關鍵升降的時刻
要緊緊鎖住自己的表情
別笑別不笑
別哭別不哭
運用哈吧狗的超級智慧
去琢磨
去體會
晴時多雲偶陣雨
這第一門功課的妙處

——二〇一一年二月十五日於新店山居

街舞小子

搖滾，他媽的，早就不夠看了
鬼哭神號的嘶吼，也沒多大意思

要耍寶就寶個澈底
要扭曲就把生命完全扭曲
頭下腳上瘋轉
靈魂鑽進深層地獄

人群圍攏

人群鼓噪
人群散去
大街還是鬧鬧哄哄的大街
趴在清冷街角
他的天空在地層之下
靈魂一天老了十年

——二〇一〇年十一月二十三日晨

過勞死者遺言

頭上頂著「科技新貴」的光環，時常
從大眾眼光裡看到自己非凡的榮耀
像當下螢光幕上常常報導的那種
上層社會生活；開名車住豪宅穿著時髦
帶著家人快樂進出五星級飯店等等
加總起來，就等於我生命意義的全部

沒有人會看到，離開了光亮的舞台
我孤單的靈魂常常躲在幕後小聲哭泣
每天進入企業的巍峨大樓，換上了

無菌工作服立刻和科技機具合成一體
不，我變成機具的一部份，任憑
機具支配動作，我不再有獨立人格

我是誰？一枚別在身上的識別證
便是我所有疑問的答案和機密擔保
小小的一枚證件比大山沈重！多少眼睛
虎視眈眈地檢驗你的工作進度和效率
用一種溫和音調，禮貌命令你日夜加班
你異常乖順，哪敢丟掉一隻金飯碗？

其實博士招牌不過是一張衛生紙
萬一不小心，會讓人用過隨手丟棄
其實咱們榮登全球富豪排行榜的企業家

不過是控管龐大代工廠的總監督工頭
浩浩油水流到外洋，沈積沙粒竟也堆成大山
理所當然，高級工蟻必須拼命苦幹

生命影像消失，突然猝死在工作檯上
醫生診斷：心肺功能耗盡是一種過勞死
我的靈魂從此解脫登上安樂天國

別怪任何人，別怪這個破碎的時代
要怪也只能怪台灣為何不能像南韓？
全國一條心，發展經濟創造自己品牌

註：台灣新竹科學園區，是揚名國際的電子工業基地。園區集中了台灣業界的各家主力工廠，廠房新穎壯麗，環境幽美如畫，成千上萬的高學歷科技專家和熟練的工程員工，日夜不息地加班加點生產世界各大名牌電子產品的零件，或者加工裝配為成品出口外銷。這一個園區所納的稅金，佔台灣全部稅收的

三分之一，等於是國庫的金母雞。園區工作者的薪資，外界不敢企望，居住及生活水平，亦極令人艷羨，咸稱之為台灣的「科技新貴」。事實上，新竹科學園區，不過是美歐科技龍頭的代工產業而已。產品利潤百分之九十以上為外方輕鬆攫去，台灣老板的利潤雖薄，靠著量的累積聚沙成塔也能擠進世界富豪榜。至於所謂科技新貴們，則不過是另類的高級工蟻，為確保職位而拼命工作慘況，不足為外人道。近來某家工廠，兩位青年工程師，連續工作三十六小時，突然在辦公室暴斃！醫院檢驗後診斷為「過勞死」。

——二〇一〇年十月二十三日深夜寫於台北新店山居

小板凳

一碟滷豆乾、一碟豬耳朵，加上一瓶小高粱
找小攤子旁的一張小桌，拉一隻小板凳安穩落坐
心裡美得王侯似的，眼裡哪有滔滔天下人物？
大口乾一杯五十八度高粱，濃烈酒香一直沁入腑腸
歲月迷離，我回到從前陪老爺爺喝酒的時光

那時，老爺爺七十，我七歲，在抗日戰爭炮火裡
原本人丁旺盛的大家庭，一晚上父輩全部死亡
腰桿挺直的老爺爺，拉拔著歿了爹娘的小孫
祖孫生命，是飄蕩的游絲也是折不斷的精鋼

老爺爺，教我眼淚往肚裡吞，教我喝火辣高粱
眼淚自小吞在肚裡。流血、流汗、不流一滴淚
寧守孤獨，不喜榮華世界。旁邊一個壯漢靠過來
老人家想什麼？別想啦，咱們併桌一起喝酒
好哇！加一瓶酒，加一盤臭豆腐，加兩碗米粉湯
什麼本土外鄉朋友路人咱們氣味相合就很親

他做水泥工，我拿筆桿子，大家都是苦力差不多
我比他多讀點書，他比我多懂人情，橫豎差不多
我們划台灣拳、大陸拳、日本拳、勝負差不多
大聲吆喝，不斷乾杯，誰分什麼天南地北？
任憑那些壞家伙搞分離族群陰謀，到底血濃於水

很多人不理解，為何每次什麼會議開完，我總是
蹓去路邊小吃攤，不願意參加官方安排的席宴？
請想一想！那麼多手要握，那麼多酒杯要踫
那麼多沒溫度的笑要看、那麼多聽不進的話要聽
哪比得上咱老百姓的真！哪比得上咱小板凳的情！

——二〇一〇年十月二十七晚，
在新店老街與一陌生酒友歡飲後

天空轉晴

終於颳起了一陣
強勁掃蕩的
大風
積壓在頭頂的團團烏雲
掃蕩乾乾淨淨

絡於又看到
一個清明的世界
山又是山
水又是水

草木重新站直了身子
仰望天空
藍，玄奧的藍
又高又遠
晶瑩照亮生命的希望
彷彿心靈的淚

——二〇一〇年十月二日早晨

生日註

——我的生日確定是一九三〇年某月某日

剛發嫩芽的生命，存活在刀鋒上，清清楚楚記得老家荒涼的北方。

清清楚楚記得在一個隆冬深夜：風掀動茅草屋頂的聲音，雪壓斷老樹枝椏的聲音，比貓頭鷹淒厲的長嚎，還冷！更冷的是，老家被焚燒的大火裡：搶匪們野狼般兇狠的惡臉，槍的呼嘯和刀的寒光，全家大人死在各處血淋淋的慘狀！

獨不清楚自己的生日。舉目無親的孤雛，生日誰人知曉？

一個沒有生日的孩子，活在沒有方向的內戰炮火中，飄蕩大江南北長成沒有姓名的孤零人，流浪島嶼變作狂風中沒有根柢的沙塵。

胡胡塗塗跌跌撞撞，過了大半輩子也沒過一次生日。酒友相聚，我舉杯「生日快樂」，這是說「有生之日都快樂」。是的，受苦的人沒有悲觀的權利。快樂吃苦，快樂幹活，快樂獻出，有生之日沉重地快樂活著。

直到那年島嶼圈管人民的柵欄打開，讓失去記憶的腳回到老家尋找兒時的腳印。一位老族長顫聲喊著我的乳名，笑說「你屬馬，一匹不受管的野馬！」當時算一算，生肖屬馬，年紀竟已到了六十歲，那年是一九八九年。

我這才知道，自己正確的生年是一九三〇。老人家也告訴了我的出生月日，農曆不容易記，忘了。生命快要過完，趕日子幹活的人，哪有空管生日不生日？

知道了我一九三〇年出生。歷年的學生們，要約集起來，正式為我辦一次八十大慶壽宴。謝謝大家盛意。好友，只要一桌，歡喜聚飲可以，慶壽不必。人活到八十歲，身有多高？體有多重？須留待身後，讓蒼天來秤量明白。

唯一可以確定的是，人老得差不多了，仰視古賢，自己不過如此！有什麼可以祝賀？何必勞累一大夥人辦八十大慶，忙得人人心慌。

春天竟然再度降臨。活到八十，心靈仍舊嫩稚，精力還很不錯；猶像十八那般，喜歡約一群年青朋友，高談闊論，喝酒划拳，沒大沒小胡亂鬧翻天。

春天竟然再度降臨。那個叫做「詩」的女神，時常聲音細細，呼喚我，逼迫我，催我交生命作業。既然文學之愛是我生命唯一的信仰，我應諾，擁著一輪美好夕陽，回報詩神的心願。我不理會十丈紅塵，連同那模糊的生日年月。

——二〇一〇年十一月十一日於新店山居

名嘴

不小心在電視的一塊地盤上
遇到一群名嘴
面對人人敬而遠之的精英
我勇敢向前
朋友們，大家好！
敬禮您們的嘴巴

嘴巴成了名，嚐到甜美的是
腳，可以隨便去走
任何曲折路

向東忽然轉西，向右忽然轉左
嘴巴宣稱
方向，永遠正確

嘴巴成了名，享到福氣的是
手，不必每天捏一張
小紙片，對冰冷的打卡鐘鞠躬
安穩坐在家中
不沾泥土
自有天上掉下來禮物

嘴巴成了名，英勇天下無敵
但憑伶牙俐齒
稍微用點勁，張合之間

咬壞一根樑柱，嚼斷一條道路
辦啥公私事務
不可能都變成可能

親愛的名嘴們
敬禮！你們深通時尚
在超級大賣場的台灣
身體可用的部位白天黑夜都能賣
賣嘴巴，或者賣別的
無所謂人格不人格

——二〇一一年一月二日於新店山居

我賺錢有什麼不對？

小女孩，十三歲
單薄的紙片人兒
低頭站在派出所偵訊台前
迷迷糊糊，問警察
「我賺錢有什麼不對？」

三天兩頭，用自己身子
讓村頭伯伯村尾叔叔玩一玩
給瞎眼的阿嬤買點吃的
給傷殘的姐姐買雙鞋

給捕魚船沉海底的爹娘上一柱香
現在全家的支柱，靠她
她靠自己身子，賺錢

她隱隱約約知道
這買賣，不是容易幹的活兒
警察吃飽了就會抓人

她實在也不明白
隔鄰那個漂亮的阿花
跑遍台東花蓮賣又跑去台北賣
怎麼，就不怕警察抓？

她將來也不會懂得

老到瞎眼阿嬤這樣老也不會懂得
螢光幕上的月亮星星
太陽底下一堆頭臉光鮮男女
人身、人格、人味
日日夜夜都在零售批發
警察滿臉堆著諂笑，侍候在旁
不抓，就是不抓！

註：報載，台東某村，年剛十三歲小女孩，當年父母出海捕魚，船沉海底，姐姐工傷腿殘幫人看門，全靠她做童工養家，瞎眼阿嬤常在飢餓中拖著生命。她每週有兩三晚，跑到村頭村尾陪伯伯叔叔睡，用身子賺錢，補貼家用。被警察發現，帶回派出所偵辦。小女孩，人事不懂，質問警察：「我賺錢有什么不對？」

——二〇一〇年六月二十一日於新店山居

歌大風

昏暗夜
大風
從遙遠的海洋掠過來
旋，成另一種狂飆
狂飆咆哮山野
捲走浮游空中放縱滋生的菌子
拔掉根柢淺薄霸佔田園的雜木
折斷硬撐場面腐朽乾枯的老樹
大風好！好大風
出力，用勁

幹一番清理污穢的大功
清理掉醜惡污穢
天亮後，太陽下
大地生機蓬勃

——二〇一〇年一月一日晨於攬翠樓

貓咪智慧

不知何處蹓來一隻可愛小貓咪
闖入這座山洞般森嚴大樓
徘徊幾個寂寞窗口
吟唱春之曲。輕輕軟軟
情景，光影，恍惚美麗從前
嫵媚拂過冷冽水面
衰老的湖
顫顫悠悠盪起夢的波紋

情景是意料的。貓咪
俏麗的小臉
配上會說話的眼神
一些大手不由不爭著獻上殷勤
喵！喵！貓咪十分靈巧
東依一下，西偎一會
風也似的迴旋
迷醉的心魂跟著暈轉

驚奇發現
喵！喵！貓咪乖巧身姿
酷肖活躍舞台的俊俏人物
腔調，儀態，能耐
彷彿前世今生

若請生物學家檢驗一下
牠、她、他的血緣，很可能
相近，要不就相同

如果是這樣
喵！喵！這隻聰明貓咪太委屈
當下，來自地球村的
時尚行為趨勢
不外乎變小再變小
一窩風男女，瘋向幼稚園擠
貓咪智慧
哪會痴獃如此？

——二〇一一年二月一日午夜於新店山居

貓咪睡姿

今年冬天淒風冷雨連綿不斷
一隻流浪三花貓咪跑進我寒傖的小屋
找到破地毯一角成為牠的安樂窩
似乎牠最大的幸福
就是睡覺
頭埋在兩條前腿下身蜷曲成一團圓球
安穩打著呼嚕
風雨，關在門外面
天塌也不管

誰說咱失根的台北人
比得上流浪小貓自在？
我也想埋著頭大睡
如果能把台灣的淒風冷雨關在門外

——二〇一一年一月三日農曆正月初一早晨

八十後新詩集
卷一　小板凳

卷二

五官變臉戲

五官變臉戲

戲
關於五官變臉的這一齣
誰又能懂得多少？
傳說為了
那個人人知道的祕密緣由
五官，公開串連
各自施展各自的絕招
造臉的反

心
是變臉總指揮
二話不說，先自己變冷
用冰冷的愛殺死情感和理性細胞
鮮紅的血，漸漸變黑
變黑，變黑
五臟六腑全變黑

耳
變成十分之九聾
只留一線
通向內宮的幽曲管道
搜集四面八方金銀財寶的資訊

整天，諦聽珠寶
動人的跫音

眼
變成大小不定
經常的狀況
閉一隻、睜一隻
睜的是假，看到門外一尺
閉的是真，以超級雷達功力尋求
世界五大洲的最、最、最、最、最
安全洗錢中心

鼻
自動拆掉大樑挺直的骨頭

變一條軟蟲。嗅呀嗅
從普通石頭裡
竟能嗅出來黃金氣味

口
當然是心的喇叭
吹奏唯一曲調
變白為黑，變上為下
表演人間難得一聞的精彩謊話
狂吼、狂吼、再狂吼
張大、張大、再張大
張大成了大黑洞
一張臉上，只剩一個O

臉
實在可憐
原本是特別精明特別體面的臉
原本是讓人希望讓人信仰的臉
就只為那個誰都知道的秘密緣由
心、耳、眼、鼻、口
用這麼兇狠的絕招
對臉死命糟塌
變！變！變！變！變！
變成沒有人樣

——二〇一〇年十月一日黎明時分於新店山居修正定稿

世紀日月

一

世紀的步子快慢不定
我靈魂的步子走得更沒準兒
日光當頭，似乎一閃而過
月光下停步，迷醉一片美麗夢境
日月隱藏的年代，靈魂
逃遁。不知道
生命中是否有過童少時期？

一些圖景
卻烙印心上

抗日戰爭開打，家鄉淪陷
各路來來去去撐著堂皇旗號的
軍隊，都是專搶農民的兵匪
連番遭劫的
家，是一卷失焦黑白片
唯幾種色彩鮮明
殷紅，房子被燒的火家長被殺的血
慘綠，孤兒年年春荒期間嚙食的青草
蒼黃，村庄人人淒苦失血的臉色

瘦小村庄搖搖晃晃
夜夜垂死在黑暗裡，狗哭得像狼嚎
我，七歲，一個稚齡男人
白天撐起身子幹田地農活耗掉體力
剩餘的靈魂，拒絕睡眠
追蹤星月微芒
走進塾堂
咀嚼經史子集品味春夏秋冬
渾渾忘掉地球
忘掉地球仍繞太陽轉

一匹馬駒繞一座石磨轉
一天，走了八年

二

長跑的抗戰
驀然，超速轉彎
霹靂連聲兩響
日本帝國「大東亞共榮圈」美夢粉碎！
侵略者倒地，「無條件投降」
被敵寇鐵蹄殘暴踐踏了
八年，淪陷區人民渴望的眼睛
等到的青天白日
比黑夜更黑

從重慶空降回來
接收團伙，得意洋洋

自認打了勝仗
豺狼、虎豹、狐狸、走狗
一群又一群
呼嘯而來，呼嘯而去
兇狠搶掠遭受日寇重傷的淪陷區
好像開進征服的異國
還學鬼子口氣，把「亡國奴！」
噴在同胞臉上

逃難，飄落南京
我的靈魂從最近距離
看清，雲端上，那群顯赫人物
大多是無比貪腐無比荒唐的混世英雄
英雄的家族，在舶來品公司轉悠

為挑選狗食罐頭煩心
無數飢餓人民，在生死線上掙扎
為一塊大餅拼命
世紀混沌，日月隱藏
沒有一絲光亮
安撫人民眼睛的渴望

全國知識份子和青年學生
天天走上街頭，演說抗議遊行
反饑餓！反獨裁！反內戰！
摧心裂肝賣命嘶喊
天太高，天什麼也聽不到
天威嚴厲，誰也不敢吱聲吭氣
天帝一聲令下：「全國總動員剿匪」

慘烈內戰東西南北開打
無數生靈死亡，無數城鄉焚燬
災殃飢餓燒成燎原怒火！
廣大農民站出來，紛紛舉起叛旗
江山，浩浩深藍
轉眼一片赤色

三

一九四九年八月，我從大陸流亡
捲入南京政府大撤退行列
敗將殘兵，闖山奪路
一路「抓兵」補員擄走大批年輕人
一路逃竄活脫脫潰散兵匪

搶命，搶車，搶船
向南，向南，再向南
倉皇渡過水闊浪高的台灣海峽
回看對岸漫天紅塵
兀自心驚膽顫

定下神來，我十分震駭
青天白日不再是青天白日
偉大領袖退回到他夢想中的清代
朕躬坐定至尊大位
一切失敗，罪在萬方
不承認昨天大陸人民對他背轉身子
不懺悔前天在台灣犯下的大罪
把避難地當征服地

發動白色嚴寒，壓制島嶼
家家戶戶冰雪封門
人人心裡
創下永久傷痕

偉大領袖盜版帝王術
快速砍伐文化大樹
只因為身形高大，腰桿挺直
必須謄出位子讓灌木
匍匐在地，證明
「自由中國」無條件的反共自由
至尊，一聲咳嗽
天空立刻滾動風雷

揚聲器跳舞，萬千機械喉嚨歡呼
萬歲！萬歲！萬萬歲！

反共疾風橫掃
文壇混亂黑白
野狼嚎叫「橫的移植」掀起唯美狂潮
移來西方的洋腔怪調
歌頌至尊天威
輪轉在槍手與玩偶之間
大跳東方陸官圖
幾根撐持樑柱的硬骨被流言摧折
文學殿堂，頃刻坍塌
餘下一堆殘碴

當空一輪明月
將要離去的文藝
女神，召我到背風的角落
殷殷相告：在眾人混聲合唱的狂風中
自己必須長成一棵像樣的樹
挺立寂天寞地，守護
百年後明亮眼睛閃現光彩的藝術
溫柔一陣春雨
當頭淋下
全身冷汗濕透

四

一九五〇年五月，我從台北流亡
遠離文壇合唱的隊伍

割捨我傾心熱愛
卻不能吐露真情的詩歌
傷痛的靈魂飄落
台南，滿街古意人，滿城古樸風物
漫天陰霾，卻封鎖不了
豐厚大地的泥土氣味
我扎下根來
像伸向青空的椰樹
拋棄全部昨天，一半今天
一丁點兒模糊的明天

跑到天涯海角
糾纏的東西甩也甩不掉
貼在墻上的耳朵諦聽你呼吸

亮在暗處的眼睛細數你毛髮
半夜，我像個小偷
躡手躡腳拾掇
《訓詞》《嘉言錄》《中國之命運》等等
皇皇一大套
領袖的權威巨著
送進糞坑，請蛆蟲研讀

五〇和六〇年代
我，一個，卑微的異類
靈魂飄浮雲端
頭埋進沙堆
閉起眼，跟著腳，自動落入塵網
長年不眠不休開動身體馬達

僅僅為了構築
一個安身的小窩

五

七〇年代早春，白色嚴寒漸褪
麗日開始在天空露臉
文藝女神冉冉降臨，倚在小屋窗外
輕輕，母親般溫柔
呼喚我：春光展露明媚遠景
快快掙脫塵網
詩在等我
文學在等我
美麗花季在等我

我急忙抖落滿身灰塵
我急忙檢回拋棄的半個今天
我急忙從心靈深處找出
一些夜色、一些淚水、一些蟲鳴鳥語
一些走過嚴寒的深深淺淺腳印
一些踩出腳印的泥土
今天，手中握住了閃亮的今天
我狂野的詩歌，要突破
要燃燒生命的火
憤怒開花

同時，我也開墾出
一小塊園地栽種嚴肅的文學

選些乾淨的純真的
喜愛山野氣味的苗籽
種一粒是一粒
栽一棵是一棵
苗籽能不能成為棟樑材料？
未來的事兒，交給未來的時間管
現在，我只管耕作

春日裡，地面之下
美的、醜的、神模的、鬼樣的
種種潛藏的東西
全冒了出來
各種組織高舉各種牌子呼喊各種正義
不同顏色指著自己硬說是唯一真理

日日夜夜，氣流鼓盪
新的狂熱新的躁動壓迫人呼吸
我預感，激情可能釀造出新的
混亂時期，可能拱衛出新的
至尊，君臨島嶼

六

一九八六年初夏，七彩日光射入我雙眼
時間齒輪把我鋸成兩半
一半留在島嶼耕作
一半飛回大陸，尋覓曾經拋棄過我
又曾經被我拋棄過的昨天

踏上久別的黃土地
昨天和我，迎面撞個正著
依舊是四十年前那樣的悲涼
依舊是那支悲涼小調唱得我心慌
許多不平的路，爬著萬千農工蟻群
依舊穿著戰鬥的灰服裝
時間還停在荒古裡
春風還在遙遠的南方海濱嬉鬧
歡唱，改革開放的流行歌

我不能眼睜睜坐等
趕忙拆下自己幾根骨頭
連接兩岸，搭建文學交流的便橋
工程實在簡陋

卻是半個世紀以來第一座
民間文學，你來，我往
在日月照耀下
彼此揭開不同的封面
象形文字繁繁簡簡各自述說
看誰把世紀隱秘說破？

我好像精力無窮
不顧自己的年齡和體能
做一個志願搬運伕
好像螞蟻搬家，來來回回把兩岸的
文學良品搬到另一邊
憑有限的力量
發願建築一座夢幻象牙塔

給飄泊的文學人設置一處安樂窩
願每個安樂窩，孵出些
文學小鳥，用一百種聲音
唱明天的文學歌

象牙塔，建築大荒野中
勞動了五年，不久工程就要完成
我滿懷希望看到
金色塔尖伸向玄奧青空
每天老早對東升的太陽慇勤問訊
是意料中也是意料外
希望終又變成絕望
古都，在年代末尾
又一次，發生，大地震

震央，在皇帝門廣場
整個動盪的五月
大震小震連珠，不斷積累土地的憤怒
讓外方尋到灌火藥的隙縫
雲層一比一天低，天色一天比一天陰
沉悶空氣凝聚，拖到六月那個午夜
轟轟強震，火藥爆炸
炸出一片慘痛場景
炸碎萬千心靈嫩稚的美夢
炸破許多秘密幽魂的詭異憧憬

夢幻象牙塔在強震中倒塌
煙霧迷漫，古城街巷

流言迅速播散
我撥開各種妄想的虛構的傳說
謹慎保留一些殘磚破瓦
真實記錄，某年某月某日
一場不幸的學運事件
一種複雜的國際圖謀
一個痴人建築象牙塔的瘋傻

七

一九九〇年三月，我從北京流亡
內心背負一個地震重傷的老人
向南，再向南
再一次落腳南京

大地震鬼魂常在夢裡作祟
救護車來去如風接連不斷淒厲呼嘯
火光照亮一地鮮血也照亮無數鐵青的鋼盔
每回，驚駭坐起
整個的黑夜都屬於我
枯葉一枚生命
顯露失敗和死亡意味

現實鬼魅抽出雪亮短刀
一步步逼我去跳
橫在面前那條濁流滔滔的河
徘徊又徘徊
終於無奈下水

面對權力加金錢加酒加女人的聯合兵團
日夜開打，艱苦又激烈的商戰

常在半夜喃喃著崇高理想
某些交易卻包藏眾人皆知的骯髒
形體，跟隨鬼魅跳舞
我的靈魂，經常
接受上帝嚴肅的審判

八

趁我內外煎熬從背後兇狠偷襲的
正是陰險的癌魔
這家伙不聲不響從淋巴腺潛入

用攝氏表四十度高溫
猛烈燒烤我四十天
二〇〇〇年五月初我躺在台大醫院癌症病房
聽醫療小組的病危報告
我中了癌魔要命的毒手

活得也差不多了，時辰也該到了
我笑笑，向人間揮別
上帝卻要我留下。附在我耳邊
吩咐：應該把你分內的文學工作
妥當辦好，逍遙自在的走
好吧！來一次最後拼搏
我頂住五臟六腑一整年的毒攻
癌魔終於認輸

從死亡關口闖過
我要感謝上帝，我也感謝
癌魔。這陰陰家伙
把我從大陸搶出擲回島嶼
兩個月偷偷嚙掉我肉體百分之四十
致命攻擊，讓我的靈魂
與肉體聯手抗敵
從此，生命百分之百
回歸文學

九

新世紀二〇〇一年四月
我投向一生傾心的文學

驚見路上敲鑼打鼓的徒眾
大呼小叫，高抬著自己塑造的神
卻把別的神踩在腳下
最堪憐的神，媽祖
一批批信徒或先或後從對岸分靈過來
有人對先來的後到的劃出疆界
疆界，分離著媽祖信徒
老信徒不承認新信徒有權在台灣
奉祀媽祖，無窮瘋狂鬥爭
對準同源的家譜

我轉過身子
不忍看爭奪家譜的無情鬥爭
不願聽巧嘴靈舌的迷魂魔咒

唯信仰文藝女神
重拾寫作
或許我還會有幾年時間
補救幾十年的荒蕪
預約生命，誰敢說準能兌現？
如果不把一天當兩天
百年後，女神面前，我交出的
卷子怎麼能看？

走過混沌世紀，日月時隱時現
生命飄零一葉
死，簡單，兩手一攤
活，握住意義活，是一件神聖公案
學習椰樹身姿立在文壇邊緣

好歹，我也活到了八十
迷信文學還像個十八的小孩
看到人玩弄文學
還會笑出眼淚
還會讓眼淚的熱度嚴重燙傷

誰理會這種精神病症？
一輪夕陽
落入無限蒼茫

——二〇一〇年「七七抗戰紀念日」午夜初稿，
九月二十八日黎明定稿

附〈世紀日月〉本事

二十世紀，是人類史上混沌至極的世紀。

這首敘事詩，藉由個人經歷的描述，旨在超越黨派速寫混亂世紀的軌跡。在當下兩岸的歷史敘述中，也許需要添些另類聲音。

我的家世，是徐州銅山小店村農戶。父親郭劍鳴，投身革命，黃埔軍校第一期畢業，帶兵征伐，早年逝世；母親遂削髮為尼，遁入空門。是時，我由徐州外婆收養。抗日戰起，我被送到鄉村老家。徐州古戰場，國民黨游擊隊、共產黨八路軍、汪精衛和平救國軍、日本鬼子兵等，各種軍隊，都是打著不同旗號的兵匪。

一九三九年，我家遭受搶劫焚燒，兩房伯父母四個大人被殺，全家剩下三個房系的一群孤兒。由最大的十六歲堂哥郭繼宣，領著一群小弟妹過著乞討般的日子，每年春荒期挨餓，掘食野草，已是我家常事，也是瀕臨毀滅的北方農村許多窮苦人家常事。我年僅九歲，成為下田幹活的勞動力，在夜間讀私塾，幸運遇到博學通儒劉樂山先生，先生是清末舉人，卻是維新人物。講述經史，論說今古，奠立我一點古典文學的根基，也啟迪我一些當代思想的知識。

一九四五年抗日戰爭勝利。我在黃、淮、江、漢之間流浪。流浪期間，閱讀了五四文學和俄、法各國的寫實小說，社會思想，從此植入心中。一九四七年，我由父親的盟兄五世伯抗日名將王敬久將軍保送，進入南京「國民革命軍遺族學校」。這所私立中學，校長是蔣介石總統，董事長是宋美齡，經費由國防部供應。在學校，得以近距離觀察國府高層人物的面貌；在校外，住七世伯張世希將軍府，得以目睹豪門巨室的奢華；那時正逢「中華民國第一屆總統選舉」，得以看到南京政治的種種演出。國共內戰，民不聊生，全國知識份子紛紛抗議反獨裁，全國學生紛紛遊行反內戰，全國農民紛紛起來投向共方。我當即認定，失去民心的國府將在內戰中敗亡。

一九四九年八月，學校流遷台北，政府安排遺校學生就讀師大附中。我插班高中一年級，不管課業，專讀文學書籍，在台北的報刊，時常發表詩文，這是我正式進入文壇之始。我看到蔣介石總統，拒絕承認在大陸施政的過錯，拒絕承認在台灣二二八事件的過錯。用白色恐怖嚴酷鉗制島嶼，用造神運動登上至尊。我的激烈言論，受到有關單位警告。我知道，不宜留在台北了。

一九五〇年五月，我流落台南。是時台灣，全面戒嚴的軍管體制整個社會陷於恐怖空氣中。台灣文壇，呈現兩極景觀：一方面是歌頌領袖、咒罵共匪的口號式戰鬥文學；另一方面，是完全倒向西方，遠離社會現實的非人間文學。格於現實，我停筆不寫。在五、六〇年代的黑暗時期，我過的是與文學界絕緣的生活。

七、八〇年代，兩蔣先後逝世，社會逐漸自由，反對力量興起，台灣社會發生重大變化。我再度回歸文學，寫作之外，創辦《文學季刊》、《新地文學》等雜誌；主辦國際文學會議。一九八六年赴大陸，到北京大學、中國社會科學院，進行兩岸文學交流工作；進一步共同策劃，訂於一九八九年八月，在北京大學召開「當代中國文學國際學術會議」。到一九八九年六月，由於原本單純的北京學生運動，遭受外方勢力乘機介入而產生質變，終至發生「六四事件」。我決定會議停辦。

一九九〇年三月，我定居南京，二〇〇〇年四月突罹「惡性淋巴腺癌」，返回台大醫院，群醫診斷，宣告病危。經台大醫院血液學田蕙芬教授悉心治療一年，追蹤治療五年，奇蹟竟然出現在我身上，身體恢復健康正常。

新世紀開始，認定文學是建設人類靈性的工程，我拋棄了世俗事業，第三度回歸文學。如今，年屆八十，夕陽在山，猶迷醉文學而不知其所止。

——二〇一〇年九月二十日晨於新店山居

囚房裡的總統

——詩評陳水扁事略

啊啊！二〇一〇年十二月二日，星期五
當代政治史上重要的日子
曾經打敗長期霸權統治的國民黨
當上台灣人民直接選出的中華民國總統
八年任期自己塑成新威權天皇
陳水扁。這一天，貪污罪三審定讞
離開拘押七百三十四天的台北看守所
關進了桃園龜山台北監獄和一舍廿五房

和其他囚犯一樣，取消姓名
編成為1020號囚犯

啊啊！太陽剛剛過午，阿扁總統
忽然間墜落深井，水花連井口也沒濺濕
街巷微風生疑：一個三級貧戶出身的能人
投入各種考場永遠獨佔鰲頭
投入政治戰場像變形金剛
目光如老鷹，吼聲如雄獅，心腸如豺狼
白眼看天下人。如今
從皇座下來天下人回以白眼
孤獨淒涼進入監獄
難不成，這也是創造歷史？
奪到人生另類的第一

誰都不能不佩服陳水扁精幹的本領
闖進總統府，登上至尊大位
一匹野狼竄到猛獸毒蛇遍佈的荒山
四周危機處處敵意森森
他念起魔咒，挑逗貪慾人性戲耍昏庸靈魂
要得國民黨頂峰高手眩暈
個個夢想甜頭甘心去吞離間的釣鉤
他打破軍中升遷成規，冊封保駕上將軍
讓陸海空三軍頭領，爭寵惡鬥
蔣家鐵衛部隊遂歸陳家所有

誰都不能不佩服陳水扁精幹的本領
什麼「總統制」「內閣制」無非是政治舞台

憲法是件道具，他巧妙的法律表演
兩制一把抓，抓緊人和錢，就是正辦
喂！民進黨哥兒們免談革命情感
今天，想幹國家高官，得看阿扁陰陽臉
讓你當上院長部長，說換，就換
哥兒們去哄鬧吧，在民進黨內
鬧派鬧系鬧陣線鬧聯盟鬧成天王
四大天王，無非是阿扁的跟班

誰也不能不佩服陳水扁精幹的本領
高喊著司法系統獨立！把大法官、司法院長
各級司法首長，分格填入
他擺在身邊玩賞的「多寶格」
把國家內外特工機關，改建成

他偵查政敵秘密的黑資料庫
把檢察總長調查局長分派擔任陳家的門神
佈下這局面，他幹啥，誰敢多問？
把國會議員，媒體人，弄得吃飽喝足
剩下些愛叫的嘴吧無非狗吠火車

誰也不能不佩服陳水扁精幹的本領
撐起「一邊一國」大旗
標出綠營至高無上的道德定律
領頭幹，中華民國總統
反中華民國反憲法體制反社會是非
認定台灣屬於部份人，愛台灣是部份人專利
你有意見？送一頂賣台大帽子壓死你
哇！民主頭號大國，興奮看著

台灣族群撕裂，劃分藍綠
不用費勁實現他們的分離主義

誰也不能不佩服陳水扁精幹的本領
搞定台灣內部，吃透撐腰主人
戲耍台獨旗幟，欽點愛台定義
公開和半公開的大量和半大量的幹撈錢工程
在藍天之下，在綠地之上，開動
國有土地國有企業國有銀行等等賣價面議
通達皇宮的暗渠游進游出儘是財團大鯊魚
天文數字買賣，傳說油水千百億
幾億零頭存台，大數存日本美國
無邦交，無法查問
究竟存放多少？至今不知

誰也不能不佩服陳水扁精幹的本領
把總統府組織成貪腐集團
經濟部長、財政部長幫他牽線
總統辦公室機要幕僚幫他洽談
坐直昇機升上來的外交部長幫他國外洗錢
縱使貪污案件排山倒海
貪污鉅款無人能估算得出來
阿扁吼聲如雷：「所有錢都是政治獻金」
「存在國外，將來要作台獨建國基金」
「民進黨頭面人物，誰沒拿過阿扁的錢」？
「阿扁清清白白，從來不愛錢」

啊啊！要不是阿扁寶貝兒子聰明過度
操作國外銀行存款不斷進出過戶
要不是國際反洗錢組織，正式發文通告台灣
火燒上世界媒體，精幹阿扁再也捂不住
啊啊！要不是阿扁搞錢太不像樣
哪會有二次政黨輪替出現？
要不是二〇〇八年馬英九總統勝選
貪污的大火可能被「愛台灣」口水澆滅
啊啊！國民黨應該贈送黃金匾額
酬謝頭號助選員阿扁

啊啊！要不是阿扁帶領衝撞
民進黨不知道哪年才能打敗國民黨？
要不是阿扁消費掉前輩民主運動纍積的資源

「新而獨立國家」的想像不會如此虛幻
啊啊！要不是阿扁把台獨捆綁
台獨的合唱不會變調轉彎
要不是綠營人士又愛又恨阿扁
淒涼入獄，哪會沒誰管？
啊啊！神算人算鬼算不如天算
天佑真理！天佑人民！天佑台灣！

——二〇一〇年十二月十一日黎明時分於新店山居

咖啡館之舌

咖啡館星期一晚上
所有流浪貓瘋過星期日躲到黑暗角落
偌大廳堂客人三五
有點空曠淒涼
卻有一桌銀髮族個個仙風道骨
他們個個是有學問的
文化人，熱鬧非常

他們展示後現代都市的社交形式
他們是小道消息特靈的族群

嘴上掛起一道瀑布
水花四射
表演一種時尚的行為藝術

他們初始溫柔娓娓
不知怎地
一個火頭燒起遍地狼煙
大家爭著搶著發言
話題繞著某位名家和他年輕的老婆
相差三十歲可能的種種生活
接著同類秘聞資料
紛紛抖落出來
越色越奇越不堪
好像調查局公開一堆私密檔案

他們的年紀太老
老得專吃利息什麼也沒興趣
老得什麼也不學習專門增長舌頭
舌頭纏繞自己脖子三圈
還能甩到每個角落
讓每個句子的關鍵詞震盪每個人耳朵

你不聽也不行
你聽了
你修習了一門當代社會學
你懂得文化名流的趣味
你開始懼怕名流的舌頭

——二〇一〇年十月十日晚間所見隨記

奔跑的小學生

在都市迷茫的沙塵暴中
在噴煙的汽車怪獸大陣前
趁行人班馬線綠燈亮起的幾十秒間
一列小學生奔跑橫過一百公尺大道

這些十歲大小的男孩女孩
輕盈跳躍過路，像一群矯健的羚羊
飛揚的頭髮是晨風美麗的舞姿
朝日粉紅的花朵綻開在每張小臉上

孩子們進入路旁小學失去人影
學校大門之內，一排排冷肅教室
透早進行課業戰鬥訓練，各種各樣
排名比賽，把孩子們繩捆索綁

爭第一，爭排名，爭閃亮招牌
台灣小學中學大學或社會各行各業
不擇手段！爭的就是虛名和實利
從流氓到政客，從演員到教員

奔跑的小學生，奔跑爭奪金榜排名
新一代國民一天天吞食氣泡長大

不擇手段！奔跑爭奪空殼名牌
當下的台灣文化，就是這般無奈

——二〇一〇年十二月十二日深夜於新店

蝶群之夢

春暮
愛粉味的
貪彩色的
戀溫柔的
老中青花蝴蝶們
美夢
開始一片
又一片
斷
斷
斷

總想抓住
春天的
尾巴
再旋舞一場
最後的
絢麗
這兒幾隻
那兒一小撮
圍繞殘花朵朵
擺弄
身
姿

蝶王蝶后蝶仙蝶魔
最瘋！最狂
從喝采
從掌聲
從發亮的眼光
一路走來
牠們，最明白
等到赤紅的太陽
當空
熱浪橫掃
將是善舞群落
灰飛烟滅的
時節

演一場是一場
樂一回是一回
傾右
投左
依東
靠西
牠們特別迷
這麼
一種似真非真的
夢

——二〇一〇年四月十五日凌晨重寫

貓鼠串聯神話

神話裡的那座仙山
懸浮虛無縹緲間
上不觸天，下不接地
長年籠罩迷茫的霧
晝不晝，夜不夜
窩藏漫山遍野老鼠
養出超級肥貓一族

專精打洞鑽縫的
老鼠，全族大會議定

堅決擁戴，堅決效忠
那隻虎狼似的貓王
貓王鬥爭殺敵第一勇
鼠非敵，貓愛鼠
鼠輩，成貼身親衛

鼠，不光是搞鼠的
殷勤伺候貓大王
享受酋長總統的供奉
天下才會太平
貓，不光是搞貓的
讓群鼠無法無天的鑽營
天下才會太平

彼此彼此，此彼此彼
貓鼠串聯一家親
親愛精誠摧毀敵人陣線
團結同心搞福利連盟
挖，挖，挖，挖，挖
總有一天挖空
神話裡的那座仙山

——二〇〇一年年五月一日凌晨，新店山居

選舉是一種天災

關於民主選舉，該怎麼說呢？
看看，這是多麼好的民主制度！
你們我們他們，每人一張選票，每張選票同等

關於選票的來源，你可知道？
選票不管你是姓資或是姓社？
只認得姓錢的老板
姓錢的那怕是白癡是混子是十三點是二百五
錢聚錢，錢滾錢，錢生錢，錢收買錢
錢老板有的是科學團隊管理錢

錢聚成錢海錢山，造成了選舉「吸票機」
選票，從四面八方自動匯集
最大量的選舉白痴
唉！什麼選舉不選舉？
只認得姓錢的老板

關於選票的價碼，你可知道？
選票可以讓小民買些柴米油鹽
選票可以讓媒體建立狗仔隊造謠團
選票可以讓黑色幫派拱出許多大小角頭
選票可以讓神棍造神蓋廟造佛行騙
選票可以讓黨團倒戈軍警叛變
選票啊！選票，是政治玩家的全能福利券

關於選票意義，你可知道？
選票買賣並不是第三世界國家的專利
看看所謂先進國家的東方日本和西方美國
大量的選票，還是靠著談好了價碼
樂於出賣手中選票的人群
日本半個世紀選舉總是軍閥和財團族裔勝選
號稱民主的美國仍會選出軍火販子元首
你是誰？你是超博士，是自由派，是當代聖人
碰到選舉，你只能靠邊站

你批評願意出賣選票的人
少見識、貪近利、沒骨氣
說得一點不錯。可無論東方西方先進後進
掌握最大量選票的是

社會底層等著出賣選票的人群
窮人認命服從神棍，窮人認錢服從流氓
賣選票立刻賺到錢
總比渴死之前喝一碗毒藥快活

這怎麼辦？沒什麼好辦法
老天把人類生成千差萬別的個體
硬要把千差萬別的
你是聖賢、我是白癡、他是無惡不作的家伙
揪著腦袋弄出「齊頭平等」的民主
一人一票好壞一鍋煮
只把國家權力交給姓錢的老板
只能說選舉是另一種天災

註：孫中山先生，演講《三民主義》，在「民權主義・第三講」指出，天生的人本是不平等的。如果把「聖、賢、才、智、平、庸、愚、劣，拉成齊頭式平等」，那是「假平等」。

——二〇一〇年十二月三日午，新店山居

警醒

這段時日
那群啃咬政治的家伙
像陰晴不定的冬天，忽然變臉
變成和煦春風
言語輕柔，笑容觸摸一下
絲棉似的光滑而溫暖
人民又喜悅起來
朦朧的希望在虛幻裡滋生
直到爆發撕裂心魂的
子彈呼嘯！大家才警醒

上一次，他們就是如此手段
把活躍的島嶼
操弄進冰窖裡的

——二〇一〇年十一月二十五日台灣「五都選舉」前夜

魔術師大戲

誰說這回他死定了？
別急，別太早費那麼大勁鼓掌
棺材蓋還沒合起來
他的老命，精鋼一根游絲
還懸掛蹲在旁邊的那隻
禿頂烏鴉不吉祥的大嘴巴上

精彩的演出還在繼續
他還在玩，一齣瘋狂的
賭，一齣賭命的世紀大戲碼

兩手一攪和，藍、綠賭徒
全都變，變紅，變黑
任他擺弄，不分東西南北
台面下，他匯聚一池子油水
早給一群貪婪的靈魂
施過香甜的洗禮

玩耍魔術，他舉世無敵
有本領把一個理想國變成大泡沫
也能把三級貧戶變成大富翁
哪怕把他關進黑箱子
繩捆索綁，大卸八塊
他還能拼拼湊湊

變，變變，變變變……
驀然，又變成一尊天父

誰能說得準，魔術師
究竟是位巨人或者是個侏儒？
本來不怎樣的個頭
一拔高，高到天下第一
矮了下來，矮了下來
忽然矮成了三寸丁
恐怕棺材店，也沒法伺候
他，忽高忽矮的身材

——二〇一一年四月一日新店山居定稿

驚異發現

自從遁居山中，滿眼峰巒雲煙
好久不再關心那長期糾纏的
一群狗和另一群狗的爭奪
誰想吃肉誰想吃魚是牠們的事

即使隨興散步，悠閒看天
總是小心謹慎遠遠避開狗群
讓人害怕的狂吠，那不講理的
兇惡模樣，製造了恐怖的夢

或許是群狗換了另類的主子
或許是氣候變暖、新的光景出現
近些日子不大聽到瘋狂的叫喊

今天經過狗窩。牠們跑來一大群
包圍我，演出小綿羊的溫和
驚異發現：即使狗類也很會應變

——二〇一〇年十一月二十二日晨於新店山居

卷三

人類這種動物

人類這種動物

序：

偶然看到探險家攝的記錄片。在非洲原始森林裡，一隻雄獅和一隻小羚羊相遇，你看我，我看你，彼此看順了眼，依依靠靠廝廝磨磨，結成友愛伙伴。

啊！看了雄獅的愛心，想到人類中魔鬼族的凶殘，我不禁流下眼淚。

蒼天之下，黃土之上
人類動物自稱「萬物之靈」
看不起同住地球的其它動物
其實人類動物的品流龐雜

哪分紅黃黑白種？在一張「人臉」下
同樣聚集著各種動物和諸般神鬼
人和人，善根惡性沒法相比
禽、獸、魚、蟲、神、仙、魔、鬼
在「人」身上都能找到匹配

人類這種動物
無論在哪個國度？無論在哪個時代？
魔鬼族，總會趁勢飛揚拔扈
嘴舌靈巧在蜜裡放毒
藏著刀子的微笑之花
擅於左右逢源，收割別人災禍
黑夜惡魔一轉身會像個黎明吹鼓手

可憐無數做牛做馬的平頭百姓
生在塵埃，死歸黃土

人類這種動物
顛倒乾坤的多半是懂得抓住武力的
魔鬼頭子，狡詐、貪婪、凶殘
要建立大帝國當大帝王
心想著千秋萬世，嘴說得冠冕堂皇
眼睛裡永遠不把人當人
驅趕兵奴，打拼江山
殘害萬千人民好像踩死一堆螞蟻
一部人類歷史滾滾狼煙

人類這種動物
總會被貪慾燒瞎眼睛
記不得昨天的雲，看不到明天的風
在新世紀，魔鬼族
還要建立唯美大帝國
還要對遙遠的小國滅族轟炸瘋狂灑毒
轟城市成廢墟，炸土地成石田
說是為了唯美的利益擁有自由權
自由擲下濫殺的炸彈

蒼天慈悲，賜給眾人良心
眾人秉性不同，良心大小不等
早晨大家熱情澎湃中午多半累垮下來
黃昏時只有一些硬骨頭綻放生命的光彩

無論如何？眾人良心結合
無時無地默默行善
滔滔濁流終將沉澱下泥沙
茫茫濃霧終將被季節風吹散

蒼天慈悲，賜給人類神仙
神仙不分大小不論貴賤
在田野，在城市、在各種工作場所
在上層或下層、在幽僻的角落
無私散佈生命的大愛
一生不知道寂寞，神仙族
虔誠奉獻自己一生
這裡或那裡，總有幾顆發光的星星
照亮人類歷史黑暗的夜空

蒼天之下，黃土之上
人類動物是「神、人、鬼」混合的群體
居於中間位置絕對多數的眾人
成神？成鬼？成凡人？
靠天賦的善根或惡性決定
人，枉自經營，虛名實利山高海闊
人會死，人死如燈滅
神不會死，神昇華九重天上
鬼也不會死，鬼沉淪十八層地獄

——二〇一一年一月二十一日於新店山居

火

你喜歡火，我喜歡火，他喜歡火
大家心裡都很喜歡——
火的明亮，火的熱烈，火的功能

寒夜黝黑，荒原淒涼
大家心裡都盼望，有一把火
開路、墾荒、燒出一個美好的明天

你我他，互相看著，互相等著
沒有誰肯冒險去偷個火苗點起一把火
只有傻子，不管利害向前衝

世界就是這樣，永遠是這樣

——二〇一〇年十一月二十日晚於新店山居

冷血新人種

生存在這個被物質和科技控管的時代
如果我告訴你，在人的軀殼裡加入別類動物基因
能製造出來異化的新人種
請別以為這是神話

眼前你就能看到
黑色政治教父運用生物科技的複雜製程
萃取各種爬蟲基因灌注黑色信徒
造出大量政治新人種

政治新人種是爬蟲綜合體
擁有鑽縫打洞、變色化身、飛天遁地本領
當然還保持爬蟲類最大的特色
血，冰冷！

新人種看到小民上吊
指著死者，嘻皮笑臉說人家在玩鞦韆
看到流氓壓迫著無辜的人朝頭開槍
指稱受害者，玩假把戲

新人種性格極端爬蟲化
頭腦裡沒有辨識細胞，骨髓裡找不到紅血球

血，冷得發綠
比死亡恐怖！比子彈無情！

——二〇一〇年十二月十五日午後於新店山居

我和工蟻是哥兒們

我和工蟻是哥兒們。憑良心說
這個說法並不是俏皮話
也許說得恰當，也許自己說高了些

工蟻整天忙來忙去不怎麼休息
我也是。不幹活難過！幹活快樂
這一輩子我很少遇到星期天

我經常是，一個人幹一群人的活
心中很滿足自己的工作能力
看到了工蟻超強能力，我沒什麼好說

工蟻建築蟻穴讓全族蟻群安居
到處尋找食物搬回倉庫儲存準備過冬
辛苦努力工作，可不是只為自己

我工作的意思，應該也差不多
夢想為社會人群安置靈魂的居所
搬磚運瓦建築嚴肅文學基地

且也學著當下流行的前世今生論
我前世是工蟻，工蟻是我今生
我和工蟻是哥兒們，命中註定

——二〇一〇年七月二日於新店山居

我是猛獸

現在，我老得已經差不多了
勁頭兒仍是年輕的猛獸

不能想，想起來胸口痛
少年時天昏地暗人人順大路奔逐
我偏愛獨走山徑
一大群惡狼善狼披著羊皮
圍上來咬我撕我
我甩開命拼鬥，活生生一匹猛獸
越拼越鬥越強
臭名遠揚讓許多家伙發慌

闖蕩一輩子
我學會一種本領
懂得用怎樣的眼睛去看各種動物
我用看禽獸的眼看禽獸
我用看人的眼看人
看人，我眼睛酸，我心口疼
人間世遭受禽獸踐踏的
總是老實的人群

我在人群中說短論長奔走呼號
要讓大家千萬看清豺狼面貌
人們不想聽，不想看
人們寧相信披著羊皮的狼
沒有多少人願意理我

還罵我太猛
雖然我溫柔得快要瘋狂
我是一個漢子又是十足的女人
我是猛獸又是綿羊

——二〇一一年二月十八日夜半於新店

征服我吧，瀟灑！

瀟灑真好
活著整天快快樂樂真好

瀟灑活著
像飄蕩天空的雲
自由自在想幹啥就幹啥
乘上飛機坐上大郵輪
暢玩七大洲五大洋
什麼皇宮酒店豪華館堂
什麼世界風景人間奇觀藝術寶藏

什麼無比鮮美異國滋味
玩遍高級享受的快樂
像飄蕩天空的雲
瀟灑活著

瀟灑活看
像無定向的風
隨氣候隨大勢不斷改變路徑
別人說什麼跟著說什麼
別人怎麼辦跟著怎麼辦
千萬要記住討好主人抓緊位子
吃點喝點玩點耍點
能佔的好處儘量多佔點
像無定向的風

瀟灑活著

瀟灑活著
一切都放下
能放下就放下不能放下也放下
放下一切實的什麼
放下一切虛的什麼
有人頂著哪！
天塌了也不用管
反正背後有一座撐腰的山
一切都放下
瀟灑活著

瀟灑，用一千種快樂的活法
對準我這塊死硬的石頭
左左右右磨磨擦擦
總磨擦不出火花
要怪，得怪老天爺
給我一份頑固的堅硬
怎麼踫也踫不動

來呀！
征服我吧，瀟灑！

——二〇一〇年七月十五日午夜再草

眾神大會

聽到古廟召喚
我們比什麼都來勁
擱下整個人生晃蕩的夢遊
擱下面向明天宣說飄洋過海光榮史
擱下傳播八方徒眾秘密的絕技
擱下還沒邀約的邀約
眾神大會
說什麼也得露一下臉
雖然我們前世

是狼是狗是是龍是蛇是鷹是麻雀
甚至什麼也不是
我們今生已修成正果
是魔是精是神是始祖是大師
是讓人傻眼的名字
眾神大會
說什麼也得登一下台

科技化舞台聲光電設備豪華
我們輪番登台露臉
表演時尚的獨唱對唱合唱混唱
各唱各的調各發各的聲
叫也罷嚎也罷胡言亂語也罷
不管別人也不管自己

愛不愛聽能不能聽得懂
要緊的讓徒眾相信
唱腔像神曲

我們不同於凡人
常年騰雲駕霧腳底不沾泥土
儘管古廟外
陽光底下一大群凡人猛搖腦袋
用眼球的白色部份對我們
閃爍一種陰暗的懷疑
都是耳朵的錯
他們需要改裝新科技耳朵

——二〇一〇年六月二十一日夜

蒼天之怒

蒼天很偏心，寵愛自己精心創造的人類
億萬年鑄成地球億萬年化育萬物
最後挑選寵愛的人類，作為萬物之靈
送給人類天上地下水中土中無窮豐富的物產
送給人類世代繁衍無比美好的地球

人類，會用兩條腿走路會歪著腦袋想入非非
會採集蜜糖也會製造毒藥的特殊動物
人類這種動物，是豺狼虎豹，牛馬豬羊
鳥獸魚蟲大匯合。最多的靈魂停格動物

極少神明族，也有些狠毒的惡魔幫
像一般動物那樣豺狼虎豹永遠殘害牛馬豬羊
人類惡魔幫永遠殘害勞苦無告的人民
幾千年來，強梁凌暴弱寡，花樣不斷翻新
現代惡魔幫，以核子航母艦隊群巡弋五大洋
霸占地球稀有資源，搜尋地球隱秘寶藏

現代惡魔幫，以自由之名進行貪慾示範
人類的良知在物質浪濤中翻滾淹沒
無限開發深層挖掘徹底砍伐老地球百孔千瘡
無限生產商品更新更好更奇異地老球血脈耗乾
無限銷費物資浪擲老地球變成巨大垃圾場

現代惡魔幫，不管南北極的冰山快速融化
不管大氣臭氧層被二氧化碳燒出多大的窟窿
不管破碎的老地球漸漸向黑暗沉淪
不管黑暗中第三世界窮苦哭泣的人民
繼續妄想佔領月球建築開發太空資源站

蒼天憤怒！懲罰清高的神明族和貪婪的惡魔幫
以異常的嚴寒酷熱、以災害的狂風暴雨
以超級海嘯、以頻繁大地震、以火山猛烈爆發
警告軟弱的人類若不奮起抵抗惡魔幫
破碎的老地球會被無限消費毀滅

——二〇一一年四月六日黃昏於攬翠樓

禪是屁

現代是夢幻時代
時尚流行禪
詳多禪學大師一臉出塵模樣高坐華堂
對雲端男女
講道論學談虛說玄
妙在似懂非懂間
信徒們個個
沾上仙風道骨平凡也不平凡

古時禪家大師

耕田種菜織布縫衣打水做飯啥事自己來
瘦瘦巴巴一副苦相
怪不得說
道在乾屎蹶

禪，沒多大神祕
沒什麼騰雲駕霧的本領
禪很現實
禪是屁
誰沒有屁都會死
人有禪，會活出個樣子

禪存在天地間

是山水是雨雪是花草樹木是萬事萬物
每個平常人在平常生活裡
過好本份日子
做一個心安理得的
人，誰都是
禪的忠實信徒
或者竟會是禪學大師

——二〇一一年一月二日午夜

卷四

永存的方式

一枚鋼釘

——贈張放

得忍受多大的蠻勁
挨多重的錘
把你砸進那面堅硬的水泥牆

水泥牆再硬也硬不過你的骨頭
你的腳，陷入不見天日的黑
而頭，昂然向光
垂直釘住牆面
成為一個目標，一個想望

他們因你強硬
不斷讓你負擔過多的重量
也曾有些帽子、勛章和金星靠你支撐
當光榮的偉大的一切
離你而去，誰也記不得
你所付出的力氣

那面水泥牆挺不住時代頂撞
終於，轟然一聲倒塌
你卻跳脫而出
依然沒被泥垢鏽蝕

依然光亮
依然最初的樣子

——二〇一〇年十二月十五日凌晨

夕陽觀點

人人都說：工作了太半輩子
退休後可要好好享受晚景生活了
太陽永遠不退休。落山之前
熱情無限把天地燒得鮮血般艷紅

——二〇一〇年十二月十四日黃昏

山巔一棵老樹

山巔一棵老樹
挺立寒冷天地間
世紀末到了
風雲詭異
落葉飄飛如絕美詩句

時光摧剝
看不出老樹春秋幾許
鱗甲般厚皮裹著
堅實的核心，紅通通
凝固的火燄一柱

孤獨的老樹
挺過了白色恐怖的年月
招展過春日旗語
每一層細密年輪，記得
瘋狂的往昔

挺立寒冷天地間
山巔一棵老樹
乾枯枝椏展示
一種蒼涼壯麗
一種虬蟠橫空的風姿

——二〇一〇年一月二十日於攬翠樓定稿

永存的方式

寂靜中聽著
荒謬世界
犬的狂吠竟學狼的嚎叫
貓頭鷹的笑比哭煩人
至於狐貍以及鼠輩
竄進竄出，活躍左右前後
我練就了白眼
隨興，看，不看

不知何人何時
給我套上一頂獨行俠頭盔
自然的非自然的世界
對我關上了門
好在心花開遍荒郊野地
孤獨的美麗
風歡喜，月也歡喜

也許最終我會以白雲的樣子
消失在清風的天空
那輪高懸明月
會以無塵的光雨灑我
以大乘的妙法度我

消失，也許是
永存的方式

——二〇一〇年十二月三日夜於新店山居

石頭和火

我是中國北方鄉下田頭地邊
粗糙死硬的一塊石頭

不少人遠遠看到我連忙躲開
一次又一次終於明白
我的模樣很醜，滿身棱角
不可愛也不好玩

曾經相信一種說法
因為我冷，人家有理由冷我

壓著性子學習溫和
以及柳條般柔軟身姿
可憐皮太緊腰也彎不下來

到了快要風化年月
才弄明白大家遠遠躲開我
只因我太熱。許多事
不識時務一逕迸發內心的
火，常把人家的夢
燒得一片精光

我毫不困窘。鄉下來的石頭
如果心裡，沒有火
如果火，藏在自己心裡

像不冷不熱的一塊土疙瘩
還能算什麼石頭？

——二〇一〇年十一月十六日午夜於新店山居

根性

——讀閻連科〈文學的愧疚〉有感，以詩贈之

雲朵千姿百態高空自由飄蕩
種種夢幻表演太虛太玄
無定向狂風吹東吹西
捲起許多輕浮空殼子漫天紛飛
成群麻雀攀附禿鷹的影子
辛苦練習吱吱喳喳的歌詠大合唱

蝴蝶們理所當然要和鮮花比美
縱然死亡也想輝煌一回
路旁的野草好不容易抬起了頭
扎進石縫的根永遠抓著泥土

——二〇一一年三月二十三日於新店山居

特級空中飛人

——贈某超現實詩人

時常飛回島嶼溫習往昔的輝煌
這次回來，他覺得滿心不是滋味
烏龍茶淡了許多
而且很涼

而且越來越少人承認
他的名字就是
從前那個光芒四射不可一世的男子

還傳出一種胡說
他風靡天下的詩歌
是仗著那位靠山老大提拔竄紅的

地球村，是另一種胡說
北美和島嶼的距離實在太遙遠
雖然搭商務艙十幾個小時飛機坐下來
一身老骨頭
差不多散了板

真的不是當年
不是他披一身光彩投向異國的情景了

在那世界最美麗的城市他有一座美麗的雪樓
總愛坐在二樓的落地窗前
看後院裡的花草、林木、狐狸、松鼠
看朝陽，看夜月
看雪

看來看去看到對一切都失去感覺
只有雪，從隆冬冷到盛夏
冷得透骨寒心
二十多年
一片白

——二〇一〇年五月十日於新店山居

圈裡圈外

劃一個圈子，再劃一個圈子
劃許多大小圈子
圈子套圈子，演員
眼望著圈子裡的江山
最大，最大

圈子外的風雲光景
演員從來沒真正明白過
也不知道？當下這電子時代
世界一天比一天
變小，變小

演員，熟悉圈子遊戲
也熟悉別個圈子的嬉鬧規則
反正圈裡圈外大家都愛
鬥爭秀，鏡頭前
不是同志！就是敵人

背轉身子同志擁抱敵人
好朋友有福共享
利益的交易，在圈外
在圈子裡，演戲

——二〇一一年二月二十二日子夜於新店山居

新甲骨文詩

奮起生命鋒芒，一甲子雕鏤一卷詩
青山吟哦，碧湖品味，白雲玩索
仍然不放心，日夜思維，琢磨又琢磨
蒼茫世紀風風雨雨浸透人間百科

終於明白詩契合人的人也契合詩的
靈魂，無法憑藉眼鏡勉強辨識
這個人，這卷詩，當世既成絕響
新甲骨文詩，百年後待考古學家詮釋

——二〇一〇年十二月十二日於新店山居

輪迴

——代擬慈母送愛兒西去

小白馬般的年齡
生命之線
竟然驀地斷了！不
乃上蒼見憐
接引愛兒到天國

在天國，兒子
且度著無憂的歲月
且等待著

親愛的媽媽
前來相會

等待幾十年後
媽媽前來
相會，那時
我將是你
最疼愛的女兒

後記：驚聞文友留美愛子，突然遇難辭世。二十三歲青年驟逝，為母者，情何傷也！第以人生如寄，存亡一線間耳。因草此詩，謹代天下慈母送愛兒西去。

——二〇一〇年一月十七日午夜於新店山居

賴和

——台灣新文學之父，神醫詩人

一部光輝的台灣新文學史
尊為「台灣新文學之父」的
賴和先生，您巍峨聳立在首位
您是日據時代台灣文化抗日的典範
您是台灣偉大知識分子的良心

您遼遠的視野和開濶的襟懷
恰恰是上蒼特別賦予的領袖氣概
您深厚的文學素養和敏銳情思

恰恰是一位文學家必具的藝術素質
您以文學為武器，高舉民族文化旗幟
團結知識界創造了反抗日寇的歷史
當然成為大家擁戴的文壇領袖

您終生拒絕使用侵略者的日文寫作
在詩歌創作領域：您用中國文字
寫作關懷台灣鄉土、弱勢族群的
〈流離曲〉。這是日據時代最完整的
二百九十二行偉大的民族精神史詩
一九三〇年十月二十七日發生霧社事件
您寫出悲壯抗日的史詩〈南國哀歌〉
為日本蹂躪台灣人民的罪惡作見證

在小說領域：您是台灣白話小說始祖
一九二六年一月您寫下小說〈鬪鬧熱〉
表達出對保守的封建體制的不滿意見
您寫下代表時代所小說〈一桿稱仔〉
表現了不幸命運者的「弱者的奮鬥」
對日據下的不公不義行徑作徹底批判
大力張揚了被壓迫人民堅強的奮鬥

賴和先生，您是天生的人道主義者
一生對弱小人物憐愛對不幸族群悲憫
為了改良社會風氣和提高人民知識
獻出自己的健康作超強度服務工作
主編台灣民報、台灣新民報的文藝欄

您利用各種群眾集會場合進行演說
苦口婆心宣傳改良文化的新生活

出身台灣彰化的一個普通市民家庭
一九一六年在彰化市開設賴和醫院
醫院行善的大門，開向四面八方
有錢的病人能來看病，沒錢的前來
看病不要付費，送藥，還送濟助錢
您的醫術高超人人頌揚為「神醫」
您的慈愛醫德人人領揚為「彰化媽祖」

賴和先生，您是神醫，醫病也醫人心
醫病，您用藥用愛，往往妙手回春
醫人心，是鉅大的精神建設工程

當台灣人民遭受到異族霸權的蹂躪
心靈受損如同患了精神的重症
您十分清楚，精神建設工程要用文學
用人道主義的文學、平等大愛的文學
您為台灣文學樹立了完美的典範
畢生努力喚醒台灣昏迷的民族靈魂

——二〇一〇年十一月二〇日於新店山居修正定稿

楊逵

——台灣勞動人民的文學家

終身奉行和平運動的非暴力抗爭者
楊逵先生，您是「台灣甘地」。您是
飽含著理想主義熱情和行動的文學家
您的雙腳，牢固踏著親愛的台灣土地
您的眼睛，悲憫憐愛台灣的工人和農民

您總是為平民的權利，向統治者抗爭
統治者也把您看成不安份的眼中釘
日據時代不斷進出牢獄如同家常便飯

坐牢十次，加起來也不過坐牢四十五天
誰能相信在號稱自由中國的蔣政權時代
您呼籲給戰後人民過一點平安日子的
〈和平宣言〉，扣掉空行空格之後
簡單明白的內容，只有六百六十七字
竟把您關進綠島政治重犯監獄十二年
每一個字，讓您吃上一星期牢飯

事實上，您那篇〈和平宣言〉溫良平和
沒有反抗語言，沒什麼不得了的過錯
相比之下，當日本天皇宣佈向盟邦投降
台灣有些人暗中勾結日本駐台將領
夢想佔據島嶼為王，宣佈〈草山宣言〉
這份主張台灣獨立的宣言是實實在在的

造反！依據他們的刑法犯了唯一死罪
人家手段高明，大事化小、小事化無
發財照樣發財，升官照樣升官

事實上，您如果願意和人家一樣
夾著尾巴跟隨「祝賀團」跑到首都南京
向那位滿口自由、民主的皇上總統
忠誠舉臂高呼：總統萬歲萬歲萬萬歲
就憑您響噹噹的國際大作家的牌子
就憑您在日據下被稱「土匪頭子」的資格
不難得到賞賜：一頂文學大師的帽子
從此，吃香喝辣的，生活風光八面
您無須擔心有人在背後指指點點
鄉親們，寬宏大量，該捧場照樣捧場

那怕您變色、變形、變左、變右
紅、黃、藍、綠、黑、白各道通吃

問題的癥結在於，您犀利的眼光
您的眼光看遠不看近看下層不看上層
您看到內戰荒唐，人民生存遭殃
您要求一切政黨都要攤開在陽光下
您看到集權主義獨裁統治的禍害
您呼籲社會各方面團結起來為人民奮鬥
您念念不忘，為勞工、為農民爭利
您像一個天真的孩童，滿眼含淚
企求人民的幸福！向一隻大惡狼

問題的癥結在於，您孤高的風骨
您的風骨，堅硬如鋼，頂天立地
您一九二九年結識了平生知交，賴和
給您個筆名楊逵，讓您做個黑旋風
要仰仗您倔傲的性格和孤高的風骨
把文學推到促進民族解放的途徑
您舉起大筆書寫台灣被日本欺凌的
失去土地的貧苦農夫小說〈送報伕〉
一九三四年獲得東京《文學評論》大獎
為台灣作家打入日本文壇揚名國際第一人
意想不到，這種堅強抗日的民族文學
在台灣光復後反而成為禁止刊印的作品
原因是一九四九年前曾在大陸出版過

如此可笑理由便被冷凍了三十多年
一九七五年在《鵝媽媽出嫁》中始見天日

您不是「屋頂上的哲學家」。楊逵先生
您更不是坐在「象牙塔中的詩人／作家」
您對世局時勢從現實出發觀察思考
您對文學創作從經驗出發書寫真實生活
您從來不浪費精神在夢幻中弄虛作假
您從來不浪費一個字去描述飲食男女
您寫詩、寫小說、寫評論、寫雜文
您是文學創作領域中的多面手
您更是文化和社會領域的活動家
您的寫作、您的活動全是為了人民
啊！您就是普普通通老百姓中的一個

楊逵先生，您一生受盡苦難折磨
竟成「壓不扁的玫瑰」享年八十歲
跨越二次世界大戰前後各四十年
您不因時代變化而改變社會活動態度
始終如一，您是農民運動組織的領頭人
始終如一，您是進步文學運動的核心分子
一九三四年五月六日全島八十二位台灣作家
齊集台中，在日警嚴密包圍和監視下
大家意氣昂揚地組織了「台灣文藝聯盟」
建立起振興民族文化的「統一戰線」
楊逵先生，您挺身而出担任了機關刊物
《台灣文藝》日文欄的主編。隨後
從一九三六年元旦，您和夫人葉陶

獻出全部積蓄，創辦《台灣新文學》月刊
前後發行了十六期。在三十年代的文壇
是台灣文學黃金時代的一個重要基地
為台灣培育出許多有理想的作家
此外，在日據時期您還編過多種刊物
為台灣文學抵抗皇民文學作出貢獻

一九四五年台灣光復和大多台灣作家一樣
您活躍參加全島人民熱烈慶祝台灣的光復
誰也沒料想到，萬眾狂歡日夜盼望中
迎來的竟是一群失去山頭的豺狼虎豹
人民以為回到母親懷抱，竟然掉進了冰窟
楊逵先生，您瞻望全局的來龍去脈
猶滿懷熱情，希望用文學喚醒迷茫大眾

您在一九四六年五月，毅然擔任
台中《和平日報》「新文學」副刊主編
一九四六年十月十九日《和平日報》各副刊
擴大舉辦「魯迅先生逝世十週年」專號
廣泛介紹大陸左翼作家的詩歌文章
暴露長期以來國共衝突全國人心的走向

不過幾個月光景，劫收台灣的獸群引起
人民積恨，寡婦林江邁的香烟攤被搶
竟成為爆發全島抗暴活動的導火線
在「二二八事件」軍隊血腥屠殺鎮壓後
作家沸騰的熱血大多迅速降為冰冷
一九四七年六月一日台北《新生報副刊》
改名為《橋》，重新進行文學的重建工作

楊逵先生，您仍不放棄自己的熱情和希望
甘心冒犯「事件」之餘整肅嫌犯的危險
又一次全心全意投入《橋》的寫作和活動
一九四九年的「四六事件」中，《橋》塌了
您被捕了！理由是一九四九年一月二十一日
上海《大公報》刊登了您那篇〈和平宣言〉

楊逵先生，如果您在綠島監獄作出了
「幡然悔改」向最高領袖輸誠的謙卑姿態
一向喜歡對「特殊人才」招降納叛的
「偉大、英明、民族救星」的蔣介石
也許會以隆重的禮遇，給您優渥的安排
楊逵先生，如果您在坐足十二年牢獲釋

出來之後作出一些「悔不當初」的表示
也許還會被適當照顧，作為一個標牌

楊逵先生：您犀利的眼光看透歷史
您看透眼前的黑暗只是歷史短暫階段
您看透現實的榮華只是過眼雲烟
楊逵先生，您孤高的風骨拒絕庸俗
您拒絕各種機會、出風頭、享大名
您拒絕各種收買、不貪利-不要錢
楊逵先生，您是「人道的社會主義者」
綠島歸來回到台中大肚山「東海花園」
種菜、種花、「在土地上寫詩」
楊逵先生一九〇五年十月十八日生於台南
一九八五年三月十二日逝於台中

自稱「不是左派、不是右派、是人民派」
最後時光欣慰看到獨裁政權的沒落

本詩參考以下各書：
一、《楊逵全集》，彭小妍編。國立文資中心，二〇〇一年六月
二、《壓不倫的玫瑰》，楊逵著。前衛，一九八五年三月
三、《楊逵的文學生涯》，陳芳明著。前衛，一九八八年九月
四、《那些年，我們在台灣》，陳映真等。人間出版社，二〇〇一年八月
五、《先人之血，土地之花》，台灣文學研究會主編。前衛，一九八九年八月

吳濁流

——台灣的鐵血詩人／小說家

誓將熱血挽狂瀾，七十光陰一指彈。
寄語萬千諸後秀，一心一德振文壇。
——吳濁流：〈吳濁流文學獎基金會成立有感〉

吳濁流先生，您是詩人
您是有性情、有意志的豪邁詩人
您是堅持民族性、社會性的鉄血詩人
您創作二千零四首的古典律絕是詩
您創作《亞細亞的孤兒》、《無花果》等作品是詩

您慷慨獨行、任俠仗義的一生是詩
您獨力創辦《台灣文藝》、創設文學獎基金會等是詩
唯有血性的諸人，能為文學作出詩般純真的奉獻

吳濁流先生，您生於一九〇〇年六月二日
新竹縣新埔鄉的詩禮之家，幼小的庭教
少年在家塾接受詹際清秀才古籍的教導
奠定您古典文學的根基和民族文化的薰陶
讓您在日本殖民教育體制下
擁有一支流暢運用漢字的文筆
擁有一份抗拒侵略的民族意識

您在日據時期自總督府國語學校師範部畢業
担任新埔公學校照門分校主任

撰寫〈論學校教育與自治〉
對日本殖民教育政策大加批評
從此被調職到偏遠山區工作前後十四年
一九三六年調出山區後
您向日人抗議「實施青年軍事訓練」
抗議日本督學肆意凌辱台籍教師
終於辭掉穩定的教師工作

一九四一年您隻身前往祖國
在南京大陸新報擔任記者
從此開始了新聞工作
回台後任台灣日日新報、台灣新報記者
從新聞採訪工作中深刻認識到時局
戰爭形勢已朝向不利於日本發展

島上的風雲日緊氣氛低沉
軍事化統治、皇民化政策推行更加緊迫

濁流先生，您感到時間和形勢不容猶豫
必須提起筆來紀錄下日帝殖民台灣的史實
您從一九四三年開始到一九四五年夏季
在太平洋戰爭形勢愈來愈險惡的時際
在台灣被軍事管控愈來愈嚴格的時際
在日本警察和特工密切監視之下
濁流先生，您每天選在午夜
冒犯著非常的凶險偷偷地緊張寫作
勇敢完成了日本據台五十年的歷史巨著，

這部長篇小說《亞細亞的孤兒》
是台灣近代新學史的第一部寶書
濁流先生以樸素的寫實主義文筆
寫出日據下台灣人民在教育、職業、生活
等等方面遭受的不平等對待
寫出日本殖民者製糖會社的壓榨政策
勞民傷財的農業政策
寫出日本軍閥強迫台灣青年充當志願兵
強徵台灣人到大陸戰場做翻譯等等
最重要的是，由主人公胡太明的思想變化
象徵了台灣人特質和命運的變化
最後以胡太明發瘋暗示他投入反日行列

濁流先生，您在一九七二年春季
對國立成功大學文學院學生演講
一再提出：「拍馬屁不是文學」
「文學要經得起歷史考驗，對得起子孫」
您出版的二十八種中日文作品
為您嚴肅的文學觀作出了驗證

濁流先生，為了培育台灣的文學作家
您捐出自己一生工作的退休金
在一九六四年獨資創辦了《台灣文藝》
那時，白色恐怖的寒流正籠罩在台灣上空
「台灣」這個名詞在文字中還是禁忌
創辦文學雜誌「許可證」審核十分嚴格
濁流先生，您克服了無數艱難

創辦了《台灣文藝》又創辦了文學獎基金
在那種嚴厲背景下、那種艱困環境中
您珍貴的工作填補了台灣文學發展的空白
您對發展台灣文學的貢獻
將永遠存在歷史、存在台灣作家的心靈

本詩參考以下各書：
一、《黎明前的台灣》，吳濁流著。遠行，一九七七年九月
二、《巫永福全集6》，傳神，一九九六年五月
三、《先人之血，土地之花》，前衛，一九八九年八月
四、《台灣文學史綱》，葉石濤著。文學界，一九九三年九月

巫永福

——台灣的隱士加俠客詩人

永福先生，您是台灣特殊的詩人
您既是隱士詩人却又是俠客詩人
您以水一樣的情懷對人間
從不和人爭短論長是遠離俗塵的隱者
不管別人的眼光如何看
不管別人的看法欣賞不欣賞
您如桂花飄香，和風中自然綻放
您以鋼鉄般的豪邁面對不義
當不公不義的事物出現在面前

您挺身而出，如一頭勇猛雄獅
奮力抵抗強暴只因人世需要大愛
愛、豪俠的愛、是您人生的信仰

您一生走一條詩創作的路
從您向家庭爭取此生研究文學
一九三二年剛滿二十歲
獨自跑到東京進入明治大學文科
除了自己對文學藝術的興趣外
您看到「霧社事件」日本殖民者的兇殘
您看到台灣社會被統治者欺凌的悲慘
您決定走文學的路
用文學的思想把曚昧的社會改變

一九三三年在東京的台灣留學生
張文環、王白淵、曾石火、蘇維雄等人
邀約您一起組織「台灣藝術研究會」
並創辦了會刊《福爾摩沙》
這是台灣留日文學、藝術學生的大結合
在這個團體裡，您提出主張
文學藝術的創作應該關心政治和生活
但是文藝家和政治權力要保持距離
不可以受威脅利誘喪失掉獨立的品格
這項意見，決議為團體發展的方向
也正是您一生文學工作中
永遠堅守不變的準則
一九三五年您回到台灣
加入全台灣文藝家組織「台灣文藝聯盟」

在聯盟的機關刊物《台灣文藝》上發表詩
您堅守作品的藝術性主體原則
調和了刊物內容的政治走向
對於詩文創作的藝術造詣產生積極作用
同時也反映了您所喜愛的「隱居」生活
「詩文思索外，不苦訪人稀」

永福先生，您喜愛藝術、喜愛寧靜
您猶若秋水般明澈的心境
仍潛藏著渾厚的
熱愛國族、熱愛鄉土的感情
仍不時流露出
自由精神和人道主義的思想
一九四五年日本戰敗前夕

您寫出〈祖國〉這首愛國名詩
又寫出〈孤兒之戀〉表達對祖國的期盼
永福先生，深受儒家思想薰樂
您的「血緣意識」情感特深
您在〈古老的台灣河洛話〉等八篇文章裡
深深以身為河洛族裔自豪
您在〈河洛頌〉、〈河山古遠思〉等十五首詩中
歌詠華夏文明和中國古代賢哲

永福先生，如此赤子般熱愛祖國的詩人
卻讓國府當局倒行逆施的暴政冷透了感情
當一九四五年陳儀的散兵殘卒「劫收」台灣
造成強佔搶掠、貪污分贓的混亂局面
當一九四七年國軍屠殺人民的「二二八事件」

造成歷史上最荒謬的重大慘案
永福先生，心靈被慘痛撕裂
慘痛宣布：從此遠離詩壇
從此不再講「北京話」
從此和國民黨政權徹底決裂

永福先生這一擱筆就擱了二十年
直到一九六七年參加了《笠》詩刊
再拾起詩筆，風格大變
從一位瀟灑自如的飄逸詩人
變成直接批判貪腐政府的現實詩人
從一九七八年吳濁流逝世後
永福先生接下《台灣文藝》的擔子
從一九九四年起

永福先生成立了「巫永福文化基金會」
年年舉辦：文學獎、評論獎、文化獎
至今，永福先生壽齡九十有六
老當益壯，把精神投入台灣文學

註：本詩參考：《巫永福全集》，傳神，一九九六年六月。

臺靜農

——大隱於市的作家／學者

靜農先生有何事要監控的？
令特工們監控他的生活
幾十年，限制出境

若因，他是名作家
三十年代他作品思想左傾
請問那年頭讀書人誰不左傾？
作家們，左傾有理

若因，他來到台灣
不願追隨「黨國」辦事
不發表反共宣傳文字
不跟人喊口號
不向「最高領袖」作忠誠表態
不、不、不……
「不」就是可疑的罪證？

靜農先生的高風中，還有
更可疑的「不」
不爭取名不鑽營利
不接受什麼地位、什麼榮譽
等等，這一些

違反政治文化風習的
「不」豈有此理？

滿懷的心思全在
學生、教育、文學
靜農先生
站在杜鵑花城的椰林大道
是飄逸一書生
站在中國文學系館
是門神
當上邊要派閒雜人等來混教席
他，輕聲地說「不」

這「不」非常嚴重
頂撞人，也頂撞控管思想的政策
靜農先生很謹慎
不多說話
不會見生人
不參加名嘴的討論

靜農先生的活動範圍
完全在校園和家園
一位國際注目的作家學者
變成了都市大隱
他就這樣，他不過就這樣
還能夠把他怎樣？

既不準他飛揚
總不能讓他無緣無故消失
噢！特工們
監控有理

——二〇一一年十二月十七日修正稿

攀高

你喜歡爬山
爬過大山又爬更高的山
每回爬上山頂
清醒一陣子吼叫一陣子
返回塵埃中來
逢人便說
你曾爬到過多高的山頂

你喜掀爬山
再去攀爬名山

有人爬上山頂
清醒一陣子吼叫一陣子
返回塵埃中來
逢人便說
曾站在名山的頂峰

大山、高山、名山
挺立大地一角
崢嶸莊嚴
什麼話也不說

——二〇一一年一月二十五日於新店煙雨迷茫之晨

卷五

山姆式欺騙

山姆式欺騙

美國因近幾年經濟衰退失業率高，管制印鈔票的聯準會Fed從二〇〇九年三月至今，加印美鈔兩兆一千五百億美元撒到全世界。由於世界貿易以美元為結算貨幣，此舉等於把美國的債務轉嫁給全世界負擔。美國民間管理全球最大互助基金的「太平洋投資管理公司Pimco」創辦人葛羅斯，痛斥美國政府幫財團加印美元，驅使華爾街金融巨鱷運用「熱錢」炒作世界各國貨幣、房地產、黃金、及各種生活物資，無異於搶掠新興國家辛苦積累的美金外匯存底，是「山姆式欺騙」。
（二〇一〇年十一月五日台灣報紙新聞）

親愛的，我們只知騙子偷偷摸摸怕被人看破
哪知山姆大叔高舉「維護美國利益」的大旗
就有本領找出各種堂皇的理由
光天化日下對全世界進行無賴欺騙
啊！愛人，美國真是了不起的偉大國家

山姆大叔指控伊拉克藏有大規模殺傷武器
不理睬世界核能科學家組織的駁斥
美國牛仔總統派遣核子航母艦隊轟垮那個小國
事後證明為搶人家石油說謊欺騙
聯合國面對不義戰爭，只能乾瞪眼

山姆大叔指說當下是世界一體的時代
提出地球村美麗的謊言，自己當起了村長
彼此是一家人，你我的東西應該交換
我把過時設備賣給你再挖走你的物資和礦產
你明知遭受剝削欺騙，只能乾瞪眼

山姆大叔為挽救本國經濟衰退人民失業
政府印鈔廠日夜加班無限趕印美元
餵飽華爾街的巨鱷群，放任他們
炒作各國房產、金融、石油、大宗生活物資
新興經濟體被熱錢欺騙，只能乾瞪眼

山姆大叔公開欺騙：為了世界和平
扶植天皇、國王、酋長、軍事獨裁者等等
資助各國地下組織、播種民族分離主義等等
供應軍火給戰爭雙方、反叛份子、走私集團等等
收容世界貪污領袖、保護金融罪犯大款等等

親愛的，你最好相信，不相信也得相信
山姆式欺騙，是美式普世價值的德行
武力在握，誰邪惡？誰良善？
就憑他們巡弋五大洋的核子航母戰鬥群說了算
啊！愛人，美國真是了不起的偉大國家

——二〇一一年一月三十日凌晨於攬翠樓

今天是最後一天

埃及百萬人民，訂二〇一一年二月四日為「下台日」，集體跪在首都開羅市中心的解放廣場，為自由翻身禱告：「今天是最後一天」，祈禱真主讓獨裁的穆巴拉克總統下台。穆氏為一九七八年埃以戰爭軍方強人之一，不久埃及軍方被美國攏絡與以色列訂立和約，從此埃及便成為美國控制中東的戰略及石油基地。而穆氏則自一九八一年起受美國扶植為獨裁政權迄今。《紐約時報》報導，這次埃及人民的反抗行動，白宮及美國聯邦調查局進行干預，一面維護穆氏，同時拉攏反對

勢力；正與埃及軍方磋商，安排穆巴拉克去路與
籌組臨時政府事宜。

今天是二〇一一年二月四日
群集在開羅解放廣場的百萬埃及人民
要求「最後的法老王」軍事獨裁總統穆巴拉克下台
匍匐在地，像乾涸河灘冰冷又固執的纍纍石頭
今天，纍纍的石頭迸發深藏內心的火燄
點亮黯淡生命最後的祈禱：
「今天是最後一天！」

金字塔巍峨矗立沙漠舉世讚嘆五千年
誰人聽到塔底陰暗地層下無數奴隸鬼魂的呻吟祈禱：
「今天是最後一天！」

蘇伊士運河開通國際財閥皆大歡喜
誰人聽到開鑿苦工牛馬般被皮鞭抽打的哀號祈禱：
「今天是最後一天！」
尼羅河流過沙漠在地中海岸展開美麗三角洲
埃及文化的母親河成為西方強權不斷侵略的源頭
一代代被踐踏的埃及人民，總是祈禱：
「今天是最後一天！」

到了今天，二十一世紀第二個十年的今天
石頭聯合石頭，火燄拉著火燄
埃及人民的憤怒火燄，溫柔燒起反抗的和平祈禱
和平的憤怒是最堅強的憤怒
溫柔的火燄是最熾熱的火燄

憤怒火燄點亮黯淡生命最後的祈禱：

「今天是最後一天！」

玩弄民主特技支撐獨裁政權的山姆大叔偶戲團老板

盤算著為了經營世界戲局的長期票房利益

大手在幕後一陣擺弄

先把埃及頭號傀儡變動一下位置

再把偶戲班子角色重作分配

讓埃及人民看到渺茫希望

「今天是最後一天！」

解放廣場人民的跪地祈禱，馬上變成仰天歡呼：

「阿拉！埃及自由了！埃及自由了！」

且慢！真主阿拉十分清楚
無論偶戲班子怎樣翻新
無非是角色轉換
外神內鬼聯合的山姆大叔偶戲團包贏包賺
如果埃及的遍地野草仍舊任人踐踏
即使河灘纍纍的石頭全部風化成沙塵
也絕不可能
「今天是最後一天！」

——二〇一一年二月五日於新店山居

北風？·去問李明博

——天安艦爆炸事件秘聞

許多爬上頂峰的人物據說有些嗜好成癮
嗜好女人嗜好留名等等更嗜好戰爭
不信，去問李明博

可愛女人弄到了多少？
李明博自己知道
總統名號能沉醉多久？
李明博自己知道

戰爭上癮是永遠戒不掉的海洛因
李明博知道，他的美國山姆大叔也知道

他們都不說出
嗜好戰爭這個不是秘密的秘密
他們都不說出
不願看到兩韓從敵對走向和解道路
（旁邊還有些國家的頭頭同樣中了邪！）
他們千方百計破壞南北關係
行動詭密無縫結合
只做不說

他們說不說，沒差別
扮演和平使者背後藏一把尖刀

山姆大叔玩弄一百年的變臉老戲
天下人都知道
抱緊山姆大叔的粗腿
李明博保有政權的公開絕招
南韓人都知道

他們的戲法技術更新
找出一個掌控政治遊戲的勝賭妙計
搧動冷冽北風
千千萬萬眼睛就會跟著風向轉

猶是晚春季節
猶是「十年陽光」的暖和氣候
全南韓六月大選的熱浪中

人民的眼睛雪亮
溫柔用選票給戰神們抹了一臉灰
讓大國家黨競選團隊慘重敗陣

北風這張王牌，為何失效？
炸沉天安艦，為何掀不起人民同仇怒濤？
去問李明博

或許，事到如今
這位唯美主義總統的唯美夢
可能有些清醒

——二〇一〇年端午之夜草成，
二〇一〇年七月十五日夜定稿

註：南韓政府在大國家黨李明博總統於二〇〇八年上台後，一改前任金大中、盧武鉉二位總統推行十年與北韓和解的「陽光政策」，採取親美好戰路線，對南北交流多方設限，兩韓關係，漸走漸遠。二〇一〇年三月二十六日，南韓「天安號」護衛艦在南北韓交界的黃海白翎島附近海域巡邏時，爆炸沉沒。李明博選在「戰爭紀念館」宣布和北韓「不惜一戰」，北韓亦激烈回應。一般預料在戰爭邊緣時點，李明博將藉「北風」刺激人民敵愾同仇心理，在六月中旬南韓全國縣市大選中獲得大勝。詎料民心厭惡政客操作，強烈反戰，選舉結果「大國家黨」全面慘敗。至於天安艦爆炸原因，周邊有關國家，各說各話，成為一件無解懸案。

我想變成一個超級無影人

我想變成一個超級無影人
去六星飯店總統套房去大財閥俱樂部
坐在黑道白道藍道綠道一大桌頭頭中間
端起一杯杯比鮮血貴一百倍的法國老紅酒
灌溉旁邊鶯鶯燕燕飢渴的乳溝
調教她們鮮嫩紅唇在相好闊人背後
印上一朵深情圖記留下一種愛的隱密
引起一場家庭戰爭至少也纏著他
給房給車給一個體面的價格

我想變成一個超級無影人
去總督府密室去皇宮獨立閣樓
靠在國王身邊監看財閥豪賭
勝局關鍵在弄懂國王的眼神皇后的暗碼
皇后纖纖玉指優雅伸出幾根
進貢幾億台幣現款殷勤送入後宮
換取千億國家銀行資產變成金改肥水
我要把這天大機密張貼上臉書
在台灣在全世界推出一部不朽巨著

我想變成一個超級無影人
去南韓掐住李明博脖子去北朝鮮
扭著金正日耳朵到朝鮮祖靈前對質
到底是誰陰謀詭計為了拔高自己影子

炸沉南韓軍艦想把人民引向戰爭
去以色列揪出轟擊人道救援船的罪魁
斥責發動侵略的禍首逼他承認
到底是誰想要拓展全球軍火市場
用和平正義口號替戰犯撐腰

我想變成一個超級無影人
去金元王國真正體會什麼才是高級奢華
看看世界各國滾滾而來的錢財和人才
確切見證成果偉大的全球一體化
去白宮橢圓形辦公室去國防部五角大廈
訪問地球村長訪問世界警察總管
親切慰問他們推動和平維護民主的艱難

為了和平把世界五大洋當自家內湖派艦巡邏
為了民主製造所有國家內爭且插上一腳

我想變成一個超級無影人
教大說謊家領著一群專門顛倒黑白的
黨伙去海邊沙灘上種草栽樹綠化一塊領土
教操弄國際熱錢到處亂竄的貪心魔頭
領著股票炒作族到廟口食攤學炒客家小炒
教搞情色新聞植入性行銷報導的媒體
老板領著名嘴伙計們幹垃圾清理員
教愛搽粉的去洗臉教擅攀爬的快下台
教信徒救救上帝教孩子救救老師

——二〇一〇年六月六日

林中聽鳥

林子
不論地區或大小
眾鳥
不論飛躍或棲止
誰，想歌唱就隨興歌唱
為自己，也是為了
懂得美聲的耳朵
百迴千囀的花腔，美
厚重的沙啞的低音，美
歡快輕柔，美

激昂，美
悲悽傷哀的哭調，美
美就是美
無疆域，無限量
各唱各的腔
鳴聲上下，四面八方
誰也蓋不了誰
融，和
匯成一闕天籟交響樂

——二〇一〇年一月一日於攬翠樓

高調下的你們我們和他

——大陸「首善」陳光標來台「高調」行善側寫

一

今年台灣陰冷的冬天好長！你們富貴人盼望什麼？
等一波波大寒流，越冷越有情趣越能享受豪華的狂歡
縮在又濕又冷的大寒流裡，我們窮苦人盼望什麼？
年頭熬到年尾，命快熬乾！總想吃一頓安生的年夜飯
錢！厚著臉皮向遠親近鄰抖抖縮縮伸出手借錢
不知踫了多少軟硬釘子捱了多少冷淡白眼
老天見憐從海峽那邊，把散財大善人送到海峽這邊

他，陳光標，方臉濃眉五短身材的壯漢
像拳擊選手像北方肩峰厚實能拉重車的黃牛
拉著從頭到腳清湯掛麵沒戴一件珠寶首飾的老婆
拉著十來歲男孩憨憨胖胖天真的牛犢
這家人走在台北街頭，讓許多華麗的衣服架子笑倒
他們普通模樣，不像有些大陸富人滿臉掛著誇耀
要論架勢更沒法比眼睛長在頭頂的台灣大富豪
報紙、電視登出的照片，他們就是這種模樣
記者爭著報導，說他是「中國首善」？
說他的家底子不小，是集團企業老板
說他趕在大年夜前來幫我們窮苦人過個安穩年

二

我們窮苦人攀不上最低級的「三級貧民戶」
我們是鰥、寡、孤、獨、廢、疾的垃圾族
白天，我們是過街老鼠是文明污點是城市恥辱
夜晚，我們是流浪貓是喪家犬是窩在牆角的癩蛤蟆
躲開燈光，躲開歡笑，躲開無數眼睛怪異的掃瞄
不斷數著口袋裡的銅板算著明天吃一頓還是兩頓飯？
我們體力衰弱，精神萎靡，全身器官差不多報廢
獨有眼力，雖然看不到明天，卻有特異功能
能看到十丈外丟在地上的一元小銅錢
能穿透保安封鎖像裝上搜索雷達找到陳光標

有個病病歪歪的寡婦突然猴子般竄過人群跪到他腳下
陳光標，聽她兩句哭訴，馬上從背袋掏出紅包
一萬，加一萬，再加五萬。給了七萬台幣大家看傻眼
寡婦哭得聲音更大：活菩薩呀，您救了我們全家
工傷的大女兒能送醫院兩個小毛孩有了活命錢
有個像老兵又不是老兵的彎腰駝背髒老頭子
當年被強抓當兵來台，裝病脫離部隊擺個香煙攤
如今八十孤老住不進「榮民之家」成了流浪的老狗
拿到大紅包，老眼淚水漣漣高喊：陳光標萬歲！
我們垃圾族各種各樣苦痛，台灣家家戶戶忙過年沒人管
隔山隔海陳光標萬里趕來伸手拉我們一把
萬歲！大善人！活菩薩！吶喊從我們心坎迸發
真想讓全台灣的人都聽到我們感激的吶喊

三

陳光標不進大廟小廟，不燒香拜佛捐錢祈福
他不去巴結黨政大官，不結交大銀行家大財團老板
他不花時間遊山玩水，不喜歡在鏡頭前胡說八道
他不逛豪華百貨公司，不享受台灣美味餐點
他沒歇一下腳衝風冒雨五天跑台灣一圈
他給無數老的哭小的嚎窮苦人家送上紅包
他給山地鄉村無人過問要關門的孤兒院送上資金
他給各縣政府送上大筆現款辦理寒冬濟貧
他創造了台灣捐款行善的歷史紀錄
他五天內，散五億台幣，濟助五萬貧戶

陳光標提出「高調行善論」行善就是要讓人知道
他捐出血汗掙來的鈔票就是要得到轟動功效
他亮起眼睛搜查中外各地災難的資訊
他抓住第一時間率團趕赴現場舉辦盛大記者會
他像詩人朗誦詩歌高聲宣揚自己行善的理念
他充分利用媒體、網路和臉書精心宣傳
他說這是拋磚引玉想要喚醒大老板們一起來幹
他每年把公司贏餘的一半親手分送給窮人
他攤開賬目大家看，許多年捐出人民幣十四億元
他炫耀政府頒贈的「中國首善」獎牌
他預立了遺囑：死後要裸捐全部的財產

四

你們的確有資格，嘲笑陳光標是個小咖
他累死累活幹環保工業不過人民幣五十億家產
你們幹污染地球的跨國企業都是千萬億大財團
他在風雨裡捐錢行善，你們在皇宮裡享受魚翅宴
你們的確有資格，嘲笑陳光標實在夠笨
他高調行善撒錢給窮人像丟到河裡不見水花
你們不幹這種傻事，你們撒錢給報紙給電視
你們養記者養版面大幅報導你們行善
你們養律師團養會計團專幹捐一賺十的好事
你們養科學家高級勞工，養千千萬萬勞動螞蟻
你們是現代經濟皇帝，是資本主義大胃王貴族

你們嗜好無限佔有，嗜好佔有的樂活
佔有一百張美女的床最後睡到孤寂的老婆

你們擁有媒體，批評陳光標行善太高調
誰有你們大？名嘴名家名主編名電視節目主持人
大老板養媒體，媒體養你們，你們養一張嘴巴
嘴巴天下無敵專對別人噴灑高壓口水
你們擁有媒體，批評陳光標為出名行善
不過對窮人發點錢幹嘛要鑼鼓喧天到處宣傳？
對呀！自古「行善不欲人知」是真正美德
你們幹許多事不欲人知只是缺少行善
你們擁有媒體，批評陳光標不尊重窮人
人窮志不窮呀！發給窮人錢，損害窮人骨氣
要尊重窮人的骨氣你們不對窮人捐錢

你們擁有媒體，有大砲也有裝甲車
你們名嘴名家名主編名電視節目主持人
指白為黑，指毒草為鮮花，你們的萬能嘴巴
是世界上最大功率的高音喇叭

五

我們窮苦人思想簡單想破腦袋也想不懂
陳光標來台濟貧行善做的有什麼不對？
他遠離政治沒說一句出格的話沒幹一件出格的事
他不管什麼綠地什麼藍天只對窮苦人掏錢
錢就是錢，能治病、禦寒、讓我們吃一頓安生年夜飯
他送來熱騰騰的錢給我們冷冰冰的心添加溫暖

錢就是錢，你們伶牙俐齒就算能把活人說死
沒看到你們掏錢，只放出臭氣污染天地

我們窮苦人思想簡單最終想通了一個道理
陳光標高調行善沒錯，錯在他來到台灣
他不知道台灣，是一座高調島、一個高調王國
高調政黨、高調民代、高調法院、高調官員等等
高調是台灣時尚文化，蚊子也會吼出響雷
陳光標高調行善在台灣遭遇你們高調的圍剿
我們窮苦人，不聽他的不聽你們的高調
我們只相信陳光標行善，只相信他行善的熱錢

——二〇一一年三月二十二日於新店山居

註：陳光標（1968-）中國大陸環保企業家，創辦企業以救急濟貧行善為志。平常捐款濟貧，各地發生災害，如大陸汶川大地震，台灣莫拉克颱風災等，他總是大量捐輸並立即率團救難。二〇一〇年一月二十六日，陳光標趕在春節大年夜（二月二日）之前，來台行善濟貧，五天之內，環繞全島，所到之處，發給無數窮苦人紅包過節，捐助各種慈善機構，並撥款給地方政府代發給「貧收入戶」，總計捐出台幣五億餘元。他高調宣傳行善，被某些人批評，說他愛出名、不尊重窮人。政客甚至給他戴上紅帽子，顯示當下台灣「名嘴」隨意罵人，製造問題，已成一種時尚風氣。

這是個嘻哈少女時代

名字叫做「歷史」的老師，給我出了考題
當下是一個什麼時代？
向左看，向右看，向東找、向西找，天上地下索求
很久以來，索求不到解答的苗頭
真夠朋友韓國人，千里迢迢
送一個嘻哈歌舞團來台，團名「少女時代」
哇！就是它！
不多，不少，超精準答案——
這時代就是
一個嘻哈少女時代

粉嫩少女，十四、五歲，一大群
早春的枝頭紅杏剛突起一丁點花骨朵
青澀模樣，嘻哈套著老招
真能表演出一個什麼新時代絕活？
哎！教人佩服「國際唯錢幫」韓國香主的氣魄
砸下大把金子替少女塑身
墊鼻樑、削面頰、豐奶子、肥屁股、雕塑大腿
製造出「少女時代」歌舞團的模式嫩少女
少女們，嫩，而不鮮
天可見憐！
揑弄她們的魔手什麼醜事都會幹

別笑韓國「少女時代」歌舞團來台賣色海撈
別用白眼看待這群被耍的嘻哈小貓
嘻哈！咱們舞台下，成千上萬潮男潮女
死盯著青澀少女挑逗的三點
眼珠子被人家放電燒焦
嘻哈！咱們社會上的「國際唯錢幫」淑女貴婦
衣服的布料越用越少，暗地裡
偷學人家發哆裝痴迷惑男人的妙招
嘻哈！咱們從高層權貴到低下小民
無數哈日族、臉上掛一條丁字褲
心裡掛太陽旗，靈魂飄飄然
無數哈美族，滿口洋腔洋調
靈魂嫁給舊金山

韓國的憤怒青年，上網大罵
斥說這個「少女時代」實在是「整容時代」
造假，丟臉，丟到了外國
不錯，「少女時代」就是「整容時代」

說到「造假」嘛，就值得研究——
「造假」實在是這時代最偉大的行業
世界主流社會，總統將軍國王首相等等組成的
「國際唯錢幫」團伙，正經八百，說假、做假、玩假
嘻哈！正經八百，推廣創意的造假
力挺造假包裝業造假美容業造假面具業傾銷世界
說到「丟臉」嘛，卻也不見得——
嘻哈！那麼美麗的，美國呀！

全世界什麼色情、骯髒、邪惡的丟臉事兒
嘻哈！不都從那個美麗源頭出發？

老地球完美的容貌
早已被天下第一「國際唯錢幫」掌門人，弄得面目全非
咱落後的第三世界，犯了愛自己國家的罪過
早已被「國際唯錢幫」部隊，轟開咱大門，餵食咱糖衣
毒藥

讓咱孩子們，吃上癮，弄得終身沉淪
嘻哈！天下第一「國際唯錢幫」掌門人
如今一把抓起地球，把人類推入「世界一家」時代
也把世界推入，整容、包裝、造假的時代

韓國「少女時代」歌舞團來台的新聞
點醒了，咱懵懂的老憨
頓然領悟，這是個嘻哈少女時代
哎！哎！我可以向歷史老師交上了答案

後記：韓國「少女時代」歌舞團，由十三至十六歲美少女組成，在韓國娛樂圈掀起了粉絲風暴。韓國憤怒青年，上網指斥「少女時代」歌舞團員，老板把她們按照計劃整容，製造成模式美少女，「少女時代」應稱作「整容時代」。

——二〇一〇年十月二十二日晨於新店山居

魔鬼和上帝賭命

——台灣反核運動的悲歌

上帝偏愛人類，賜給人類
一個十分美麗十分豐富適宜子孫世代繁衍的地球
卻忘了清除，混在人類中的魔鬼族
給人類留下無窮無盡的禍害

總想吞掉時間吞掉天下的魔鬼族
從前以皇帝、以教父、以民族救星等等名義
佔有輝煌歷史掠奪文化果實
現代以跨國財團、以企業領袖、以世界富豪等等臉譜

舉著開發大旗驅使科技猛獸
吸地球的血，啃地球的心，嚼地球的骨頭

如今魔鬼族掐著核子怪物的脖子
要利用怪物清潔廉價的能源實現無限擴張的鬼計
核子怪物無色無味的樣子假裝溫馴
心裡存有毀滅地球的陰謀
輻射塵擴散一切生命走向不歸路

別以為魔鬼族財迷心竅不知核子怪物的厲害
那些拜金主義的家伙
也是世界上心腸最黑的邪惡份子
地球遼闊，地震帶的核能電廠爆炸幾個哪算什麼？
人類五六十億，輻射塵死傷多少萬哪算什麼？

日本大地震核輻射傷亡的是弱勢人民
口袋裝著金元王國護照的
魔鬼族，優雅搭機飛回新大陸

魔鬼族的膚色不論白黑黃棕紅
世界各地族裔的胃口一樣永遠沒有吃飽的時候
台灣孤島，地少人密四周海洋圍繞
恰恰是核能輻射災難傷亡的最佳實驗所
台灣的和美國的老板聯合搶錢
偏偏把核能電廠蓋在地震斷層帶
毫無忌憚宣告：將來台灣不會發生強烈大地震
瘋狂押上整座島嶼加平民百姓生命
要和上帝來一場豪賭

台灣魔鬼族精明盤算，哪怕賭局最爛
輸的是人民生命，贏的是滾滾金錢
哪怕台灣變成一座萬年毒島
牠們會像日本的同類那樣
銀行有的是美金，口袋有的是護照
優雅搭機飛回新大陸
魔鬼族並沒盤算到
上帝賜給人類的地球只有一個
地球被核電廠爆炸的輻射塵摧毀
新大陸金元王國，再也不會是夢幻樂土

——二〇一一年四月五日清明節於新店山居

卷六

躲在深山的湖

紅蕃薯

——懷念兄弟葉笛之一

那年去看望老葉的伴手禮
一瓶洋酒，法國白蘭地
一袋土產，竹山紅蕃薯

老葉說，為何還帶東西？
不過，酒，永遠不嫌多
咱倆今晚就把這瓶酒幹光

老葉拉著女兒蓁蓁的手
這袋蕃薯是嘉義竹山特產
皮是黃的，心是紅的，甜

小心存放，咱們要慢慢吃
妳得謝謝這個老憨叔叔
皮是黃的，心是紅的，甜

——二〇一〇年三月十三日修正定稿

木瓜

——懷念兄弟葉笛之二

我們住在大同路鉄道旁的那幾年
屋子，是葉爸搭的違建竹仔厝
笛和我睡一間木板架起的通鋪
每晚一起，啃文學、論時事、唱歌

流浪孤兒得到溫暖的家，那是
我一生中最美好最幸福的歲月
我的腸胃弱，阿母每天都買木瓜
說木瓜保養腸胃，屏東木瓜最好

我們先後成了家、都有了小孩
星期假日兩家人經常愛混到一起
笛和我，不講究吃，講究喝酒
每回聚會他都記得準備木瓜

自從我搬台北木柵他住台南安平
不斷你來我往。有次他想念我
坐一夜火車扛一大簍子爬上五樓
進門大喊，真正屏東木瓜，來啦

——二〇〇八年六月二十日凌晨初稿，
二〇一一年三月十三夜定稿

鳳梨

——懷念兄弟葉笛之三

剛到了台南
剛搬進竹仔厝的家
阿笛和我
像前世兄弟今生又相聚
他什麼好處都讓給我

每到星期天
葉爸不用騎車去送貨
那輛「富士霸王」腳踏車

就歸了我倆
阿笛把我放在寬大的後架
他騎著，跑遍府城
要讓我快點成為台南人

那回，他騎兩個多小時車
到台南東郊山腳關廟鄉
為了讓我看看
滿山遍野的鳳梨園
只因為我說想看
六月大熱天他一身汗透
阿笛就這麼傻

——二〇〇八年六月二十日初稿，
二〇一一年三月二十一日定稿

香蕉

——懷念兄弟葉笛之四

我嗜食香蕉
累月經年永不厭倦
主要的一個因原
不用削皮、無核、吃起來簡單

我告訴阿笛
台中的香蕉最好
他笑著說

那就喊你「香蕉」好不？
我說，好哇

傻瓜！你千萬不能當香蕉
那種皮黃心白的東西
咱們不能幹
那年台北
詩壇「橫的移植」鬧翻天

——二〇〇八年六月二十日初稿，
二〇一一年三月二十一定稿

文旦

——懷念兄弟葉笛之五

流浪兒來到竹仔厝
咱全家團圓過第一個中秋節
愛藝術的葉爸
也愛民主，在喝酒上
對阿笛和我，舉杯特別民主
晚餐喝了酒
阿笛拉著我到南師校園賞月

月亮灑下清輝
天地進入迷茫夢境

坐在時常專屬我倆的老榕樹下
阿笛剝開一個文旦
說是過中秋節
有吃文旦的節目

我取出洞簫
吹著北方老家的鄉下小調
彷彿看到秋風裡
那些寒傖村庄的破落
那些土疙瘩一般人民的哀愁

簫聲淒涼一曲接一曲
禁不住地吹

驀然，我發現
阿笛直直望著我，淚流滿面
那個剝開的文旦
丟在一邊

——二〇〇八年六月二十一日初稿，
二〇一一年三月二十四日定稿

月升東方

——遠懷江南一葉

是妳在呼喚嗎？
東方之月。輕輕
柔柔，一縷飄逸的夢
在小窗外，那麼近
那麼遠，在山和海以外

依然像昨天那樣
妳的容顏，穿過時間界限
高懸在晶藍的夜空

美麗的眸光
相映，一湖碧波澄明

碧湖沉靜的波心
忽然綻開，無限歡喜的
浪花朝向天空
千朶，萬朶，朶朶印著
東方之月的晶瑩

早在千百萬年前
東方之月，澄明之湖
締結了天地間的永恒之約

永恒的呼喚，輕輕
柔柔，縈繞心頭

——二〇一〇年二月四日

老樹的一枚葉子

西風漸緊
掛在老樹上的葉子逐日變黃
在還能保住葉子模樣
沒被撕裂成碎片之前
多看一眼世界
記住嚴寒是怎樣摧殘生命的？
可以活就活下去

作為一枚葉子
無論如何也抵抗不住

愈來愈銳利的風愈來愈冷酷的雪
必然會告別老樹
走向塵土
蕭蕭歌吟，尊嚴離開
可以死去就死去

葉子，放心去吧
越過嚴冬將是另一季春天
西風或北風任誰奈何不了老樹

——二〇一一年一月二十七日，寒流午夜

明月在天

明月在天
清華一輪高懸千山之上
銀輝普照人間，喧囂安寧下來
靜默中，美好滋長

當喧囂在世界流竄
無量眾生的諸般惡念如燎原火災
這火災，憑誰救熄？
銀輝普照的
明月在天

明月在天
一莖小草懂得疾風中挺立
一朵白蓮懂得濁流裡綻放
一棵乾枯老樹懂得奮力萌發新葉
生命大歡喜

無須煩憂世界風雲的變化
豐厚大地蘊藏生機無限
敬謹持守清淨
明月在天

——二〇一一年一月二十日

春夜聽雨

誰知道那柔柔細細的雨絲
是千種的思，是萬種的念
是一樹新綠幽幽的低語
誰知道那淒迷的夜色
是浩瀚的海洋蒼蒼茫茫
是陌生的曠野，是漫長的路

許多美麗的故事，像星子
總是在遙遠的蒼穹閃耀
許多閃耀的星子，像心靈

總是敘述著美麗的故事
今夜，滿天的星子都已銷溶
銷溶成晶瑩的點點滴滴

細數著點點滴滴柔柔細細
一季春光，一季蝶舞的歷史

——二〇一〇年九月二十八日夜於新店攬翠樓定稿

鳥鳴林中

林子
不論地區，大小
眾鳥
不論飛躍，棲止
誰想歌唱就隨興歌唱
為自己，也是為了
懂得美聲的耳朵

百迴千囀的花腔，美
厚重沙啞的低音，美

歡快輕柔，美
激昂，美
悲悽的哭調，美
美就是，美

無疆域，無限量
各唱各的腔
四面八方，鳴聲上下
融和一闋
天籟交響樂
誰，也蓋不了誰

——二〇一〇年一月一日於新店攬翠樓

雲和月

如果不是您的明媚照亮我的陰鬱
我強壯的羽翼將無力伸展
我瀟灑的生命將化作一縷輕煙
我不會是我，也許會是半頁殘箋

如果不是你的純白烘托我的圓潤
誰能懂得我孤立夜空的寂寞？
我深藏秘府的溫柔要向誰開放？
我高潔的聖境憑誰來尋訪？

如果不是蒼天大地恩寵的安排
美麗圖景將沉落無邊迷茫
隱晦之中萬千葛蔓糾結一線因緣
白雲北國飄蕩，明月南方空懸

雲和月的美妙故事織成黃金九秋
神奇旖旎遇合，百千萬年流傳

——二〇一一年二月十九日晨於新店山居

黑滋味

晶瑩一輪明月隱入西方森林
無邊旖旎的夜色，遂溶於
一杯黑咖啡
微澀、略苦、蘊涵美麗想像的
甘醇滋味
恰似遠去的曲子，細細
心靈深處縈迴

——二〇一一年二月十八日子夜於新店花園新城

奧秘詩句

費十年壯麗時光得詩一首
每一語每一字，描畫天心明月
藏在小室，吟味長夜無數

熊熊火光中，語字化為蝴蝶
或許百年之後有一位考古學者
殘灰餘燼裡尋得奧秘詩句

——二〇一〇年十二月十三日夜於攬翠樓

躲在深山的湖

連綿的群峰無窮無盡，除了蒼鷹
任誰也探測不出曲折的秘徑
湖，躲在這荒寂的深山為了什麼？

也許湖的最大心願想要避開人群
只要人群發現一塊美麗的天地
美麗，總會被骯髒的鞋子踐踏成爛泥

天地之間，再沒有比人、比貪婪的人
更骯髒、更自私、更兇殘的動物
唯貪婪的人想要吞掉自己的同族

躲開人群，躲開名號，躲開掌聲的哄鬧
尋得空無人跡的荒寂深山，湖
費盡心思就是不要成為一道風景

守住本性清澈，也尋得寧靜自如
鎮日聽風聲聞鳥鳴看天光雲影
盪漾著鳥獸魚蟲花草樹木的心情

當黃金的秋季來臨，藍寶石的夜空中
一輪明月清輝映照澄清的碧波
湖，便渾然進入遠古的夢境

——二〇一〇年十一月一日黃昏於新店山居

碧潭之夢

石頭裡的水自懸崖裂縫細細流出
迂迴曲折流過幽谷匯成一潭冷冽
碧潭明淨晶瑩是崇山峻嶺的眼睛
悠然觀看風雲聚散不盡日升月落
鳥之族飛得再高影子印不上清波
碧潭沉靜等待一顆獅子座的流星

穿越幻境自北方天際投入了潭心
星光溫潤淚滴留下碧潭永恆之夢

——二〇一一年一月二十三日午夜

卷七

論詩詩

詩是什麼？

——論詩詩之一

詩的意義是：心靈湧現的聲音
遇到一支會說話的筆，懂得怎樣說
說得讓人感動，說得自然天成
無關乎刺繡的手藝或磨劍的學問

人心不同，正如每人的臉長相不一樣
即使上帝也沒法給詩人聲音定條規
什麼人寫什麼詩。亂世沒有是非
詩的好壞？得由百年後的人公正評分

跋：詩是心聲。山野民歌，源自生活，輾轉傳唱，天籟於焉生成。詩人之筆多采，凡自然景觀人事物理，生活所感，詠而為詩，歷代蔚然成風。是以一部中國文學史，殆等同乎中國詩歌史。縱觀古今，詩人如恆河沙數，而歷經時間淘汰，屹立不墜者，寥寥無幾。老杜有云：「千秋萬世名，寂寞身後事」。當代汲汲造名者輩，其三復斯言。

詩的題材

——論詩詩之二

詩的題材無限。沒有什麼不可以入詩
浩蕩歷史蒼天黃土社會人生不為大
剎那靈光草木魚蟲雞毛蒜皮不為小
寫得大？寫得小？關鍵在自己的胸襟

詩人的心胸多大詩的題材就多大
存心誇耀自己，寫大題材無非說大話
拋開個人名利，關愛天地萬物
寫一粒細沙也可以表現整個世界

跋：詩之題材，並無所限。詩人悲憫萬物，胸懷天下，作品自具恢宏氣象。若夫淫盜齷齪情事，平常尚須戒慎，豈宜入詩？現代詩人，迎合流俗，有以直寫性事為新潮，其所以異於禽獸者，幾希。劉熙載云：「詩以悦人為心，誇人為心，品格何在？」詩品足徵人品，信然。

詩的語言

——論詩詩之三

詩的語言巧妙。變或不變間變化萬千
語言無論新舊雅俗都是表現工具
按照不同的題材使用下同的語言工具
靈活變化，別死抓住一種語言老套

生動的形象語言多半隱藏平淡話語中
平淡的藝術艱深，隱晦的花俏無甚本領
要是故意繞彎子設置障礙的謎語
無異自認醜陋，要依靠濃厚化裝術

跋：現代論詩者云：「詩是語言的藝術」，語意不周延，乃片斷之言。蓋語言為作詩工具，本身並非藝術。此句應修正：「詩是運用語言表現境界的藝術」。詩歌語言之妙，端在表現境界；新、舊、雅、俗語言，但能運用得宜，均為良材。善詩者，變化靈活，依不同題材，用不同語言。而俗語難作，奇語易造。至若瞎掰胡話謎語，語言斯為濫矣。

詩的形式

——論詩詩之四

詩的形式是衣服。衣服花樣繽紛
衣服花樣要合身體，詩的形式要合內容
堂堂大漢穿一身花俏未免輕佻
瑣細的題材也撐不起壯大的形式

詩的萬般美妙在神韻而不在形式
智者不屑學九流演員，去穿搞怪的衣服
造作圖像詩、符號詩等等花樣的玩家
該是一匹能力不足技止於此的笨驢

跋：新詩自胡適《嘗試集》以來，歷經創制，形式大致底定。或為段落行數不定，句子長短不定之自由體；或為每段行數固定，每句長短相近之穩定體；或為二者間之變化體；或為以上各形式之複合體等等。要之，內容決定形式而已。若構造圖像詩或符號詩之類，使內容成為形式附庸，使詩歌成為視覺藝品，則詩成玩具，不再是詩。

詩的社會性

——論詩詩之五

詩是社會的產品。詩的根扎在社會
古今詩人，無論如何瀟灑散淡？
沒有哪一位能完全脫離社會單獨生活
也沒有一首詩不是現實生活之歌

草根詩人關懷廣闊唱的是大社會之歌
象牙塔裡的詩人唱的是私己之歌
私己之歌，也是極小的社會歌
也是想讓人傾聽，否則何不閉嘴？

跋：詩人屬於社會中人，詩當然不可能脫離社會。詩人生當亂世，倘可僥倖獨立存活，應以廣闊胸懷擁抱社會弱勢者。如淵明先生被尊為古今隱逸詩人之宗，歸田園居，甘作老農，未嘗以出世自名。而詩人之談禪論道、自誇恬淡者，率多貪戀浮名實利之俗人。

詩言志

——論詩詩之六

詩是言志的文學。志是詩的骨頭
一種理想、一種意向、甚至胡言亂語
甚至哼哼唧唧都是詩人的志
硬骨頭、軟骨頭，都是詩的骨頭

什麼詩都無法逾越言志的範疇
會耍手段的詩人、用盡語言策略說話
意向卻明白擺在那裡，無法抹掉
骨頭軟硬？瞞不過明亮的眼睛

跋：「詩言志」是顛撲不破的至理。詩之內容不外思想情感，思想乃心之所向，亦即是志。超現實主義詩人，身在現實中，詩在現實中，卻視詩言志為道統為功利傾向，倡言純詩，其實虛無。唯言志之詩，每多贋品。心懷官府而聲稱草野，志在名利而高談淡泊；風骨如何？洞若觀火。

詩的抒情

——論詩詩之七

詩是抒情的文學。情是詩的靈魂
老天賦予每人的靈魂，情感含量不均
溫度從火熱到冷酷分成紅黃藍白黑
由紅到黑，正是由人到獸轉變的路徑

火熱的靈魂有力量創作情感火熱的詩
蒼白的靈魂自顧自譜製蒼白的歌吟
冷酷人偏唱熱情詩，無非懷藏
黃鼠狼竟然向小雞拜年的心思

跋：上蒼造人，自神性聖哲，至獸性惡魔，賢愚不等，差異有若雲泥。是以人之情感差異亦極懸殊，熱烈如火者有之，冷酷如冰者有之，種種情感形象，具體表現詩中。欲布置雲霧，混亂情景，徒然心勞力拙，顯示虛假狡詐，別有所圖。

詩的境界

——論詩詩之八

詩的境界，是詩歌創作的藝術標的
也是詩歌各部要素的有機構成
境界不同於美感，境界有大小、分高低
浩蕩江海的境界並非幽谷細流堪比

有人搜集漂亮詞語編織縹緲夢幻
完全沾不上境界的邊，也不能叫做詩
有人跳過練習階段，隨便就能量產
分行的東西，讓人無話可說看傻了眼

跋：詩之藝術，端在創造境界；有境界者為詩，無境界者非詩。詩之境界乃藝術表現，藝術表現外由語言、形式，內由思想、情感等要素有機結合而成。境界以內在要素為主體，外在要素為輔佐，欲求詩之境界，先求人之境界。而境界非氛圍、非夢幻，非輕易嘗試可得。

——二〇一一年二月十一日於新店山居

八十後新詩集
卷七　論詩詩

後記　在嘻哈時代的背後

郭楓

時代的情境，對文學人一生的榮枯，關係很大。

胡適很幸運，遇上新文學革命時代，讓他放第一槍，《嘗試》寫詩。魯迅也還不錯，縱使對現實《彷徨》，仍有可以《吶喊》的空間。在那種中央統治力衰微的年月，還有不少文學天才，搭上產生天才的時代列車。

其後的時代，每下愈況。

一九五〇年代以後，中華兩岸，風雨狂暴。無數的作家，要不就是在狂暴中慘遭集權統治者迫害刑戮，要不就是在風雨裡乘著黑暗氣旋而輝煌升騰。誰想站直身子，做一個自己，難。誰想舉火燒天，真正幹點文學的活兒，就得掂量好要承受孤寂的一生。

最近二十年，兩岸的政治氣候怪異，社會變化特大。

且就台灣來看：據說是自由民主了。去問問在鄉野僻地在都城底層那些被侮辱與破損害的庶人，台灣是誰的自由？台灣是怎樣的民主？

當燒王船、放天燈，建造世界大佛，成為台灣現代文化的驕傲；當美國搞怪的「女神」卡卡、韓國整容的「少女時代」，成為台灣金曲大獎的典範；當創作以商業市場銷售值、論著以隨興漫談狂增書冊頁數、自我炫耀以比賽臉皮厚度等等，作為藝術的主要標準、領導著台灣文壇。去問問廟堂上的文化冠冕江湖上的大師名流，台灣當下是什麼時代？

嘻嘻！哈哈！無比完美的嘻哈時代。

我們冷靜看著時代的瘋狂，毫不猶疑或沮喪，內心充滿信念和喜樂。

因為，我們也看到，這裡或那裡，年輕的熱情的文學人，要做自己，挺立在風中。

因為，時代指證「眾昏之日，固未嘗無獨醒之人」。因為，嘻哈時代快要走到盡頭，一個嶄新的時代已在招手。

二〇一二年六月廿七日　黎明之前於新店山居

郭楓簡介

郭楓，江蘇徐州，一九三〇年生。詩人、散文及小說家，獨立文學工作者，不參與政黨或社團活動，反對列強帝國主義。一生以個人資金和力量推廣嚴肅文學，倡導為人生而文學的藝術。著作數十種，被媒體稱為文學界獨行俠，頗得華文世界獨立作家的敬重。

郭楓，在台灣六十多年。自一九八六年起，不斷推動兩岸文學交流。現為《新地》文學負責人。台灣藝文作家協會名譽理事長。

郭楓主要的文學創作

散文集　1.《早春花束》，一九五三年，台北：文藝生活出版社。

2.《九月的眸光》，一九七一年，台南：新風出版社。
3.《老家的樹》，一九八五年，台北：新地出版社。
4.《永恆的島》，一九八五年，台北：新地出版社。
5.《山與谷》，一九九〇年，香港：三聯書店文藝風社。
6.《空山鳥語》，一九九一年，北京：中國友誼出版公司。
7.《郭楓散文選》，一九九一年，天津：百花文藝出版社。
8.《尋求一窗燈火》，一九九四年，北京：中國文聯出版公司。
9.《郭楓散文精選集》，二〇一〇年，台北：新地文化藝術有限公司。

詩集

1.《郭楓詩集》，一九七一年，台南：新風出版社。
2.《第一次信仰》，一九八五年，台北：新地出版社。
3.《海之歌》，一九八五年，台北：新地出版社。
4.《諦聽，那聲音》，一九九三年，北京：人民文學出版社。
5.《攬翠樓新詩》，一九九八年，台南：台南文化中心。
6.《郭楓詩選》，二〇〇六年，台北：台北縣政府文化局。
7.《八十後新詩集》，二〇一二年，台北：秀威資訊科技股份有限公司。

長篇小說　《老憨大傳》，二〇〇六年，台北：印刻出版有限公司。
文學評論　1.《知識份子的覺醒》，一九八一年，台中：藍燈出版公司。
2.《獨醉集》，一九八六年，高雄：台灣時報社。
3.《美麗島文學評論集》，二〇〇一年，台北：台北縣文化中心。
4.《美麗島文學評論續集》，二〇〇三年，台北：台北縣文化中心。
5.《台灣當代新詩史論》，二〇一二年，台北：新地文化藝術公司。

郭楓主要的文學服務工作

創辦文學刊物：《新地文學》月刊，一九五四年。
《文季》文學雙月刊，一九八三年。
《新地文學》雙月刊，一九九〇年。
《新地文學》季刊，二〇〇七年。
創辦文學出版社：新風出版社，台南，一九七一年。

新景出版社，台南，一九七七年。

新地文學社，台北，一九八六年。

新地文化藝術有限公司，台北，二〇〇七年。

創辦文學事業機構：新地文學發展協會，台北，二〇一〇年。

台灣藝文作家協會，台北，二〇一一年。

郭楓主辦兩岸文學文流工作

1. 一九八七年起，推動兩岸文學交流工作，是兩岸出版交流的第一家。在大陸：與人民文學出版社、三聯書店、百花文藝出版社、江蘇古籍出版社、上海辭書出版社等重要出版機構合作，在大陸出版台灣作家叢書。在台灣，由新地文學出版社，出版大陸當代作家系列叢書八十種。

2. 一九八八年，個人出資與台灣清華大學合辦第一屆【當代中國文學國際學術會議】。為台灣學界舉辦「中國新文學」會議之創舉。

3. 一九八九年，新地文學事業與北大中文系、社科院文學所，共同籌開第二屆【當代中國文學國際學術會議】，因發生事故，停開。

4. 一九九〇年，個人出資與台灣新竹清華大學中國文學系、中國文學研究所合作舉辦第三屆【當代中國文學國際學術會議】。

5. 一九九二年，在北京大學設立【北京大學郭楓文學獎】。為當局核準北京大學第一次以個人名義設立的文學獎。

6. 二〇一〇年四月，在台灣，新地文學社與台灣行政院文化建設委員會，聯合主辦【第一屆・二十一世紀世界華文學高峰會議】。台灣大學、中興大學、成功大學、東華大學等四校文學院參與合辦。約集華文世界頂端作家學者五十餘位，巡迴台北、台中、台南、台東、花蓮五大城市，舉行三十場文學研討會。會議之高度與規模，為中國自「五四」新文學運動百年以來之創舉。

7. 二〇一一年十一月五至十二日，新地文學社／台灣藝文作家協會，在台北、花蓮、台東三市舉辦【第一屆・兩岸民族文學研討會議】。

8. 二〇一二年八月三至十日，中國作家協會與新地文學社／台灣藝文作家協會，在北京合辦【第二屆・兩岸民族文學研討會議】。

9.二〇一二年十一月十至十八日，文化部／台中市政府指導，新地文學社承辦，在台灣舉辦【第二屆・二十一世紀世界華文文學高峰會議】。

閱讀大詩12　PG0772

八十後新詩集

作　　者　郭　楓
責任編輯　林泰宏
圖文排版　楊尚蓁
封面設計　陳佩蓉

出版策劃　釀出版
製作發行　秀威資訊科技股份有限公司
114 台北市內湖區瑞光路76巷65號1樓
電話：+886-2-2796-3638　傳真：+886-2-2796-1377
服務信箱：service@showwe.com.tw
http://www.showwe.com.tw
郵政劃撥　19563868　戶名：秀威資訊科技股份有限公司
展售門市　國家書店【松江門市】
104 台北市中山區松江路209號1樓
電話：+886-2-2518-0207　傳真：+886-2-2518-0778
網路訂購　秀威網路書店：http://www.bodbooks.com.tw
國家網路書店：http://www.govbooks.com.tw
法律顧問　毛國樑　律師
總 經 銷　聯合發行股份有限公司
231新北市新店區寶橋路235巷6弄6號4F
電話：+886-2-2917-8022　傳真：+886-2-2915-6275

出版日期　2012年8月　BOD一版
定　　價　380元

Printed in Taiwan

國家圖書館出版品預行編目

八十後新詩集 / 郭楓著. -- 一版. -- 臺北市：釀出版,
2012.08
面； 公分. --（閱讀大詩12 ; PG0772）
BOD版
ISBN 978-986-5976-40-8（平裝）

851.486 101009974

讀者回函卡

感謝您購買本書，為提升服務品質，請填妥以下資料，將讀者回函卡直接寄回或傳真本公司，收到您的寶貴意見後，我們會收藏記錄及檢討，謝謝！如您需要了解本公司最新出版書目、購書優惠或企劃活動，歡迎您上網查詢或下載相關資料：http:// www.showwe.com.tw

您購買的書名：＿＿＿＿＿＿＿＿＿＿＿＿＿＿＿＿＿＿＿＿

出生日期：＿＿＿＿年＿＿＿＿月＿＿＿＿日

學歷：□高中（含）以下　□大專　□研究所（含）以上

職業：□製造業　□金融業　□資訊業　□軍警　□傳播業　□自由業
　　　□服務業　□公務員　□教職　□學生　□家管　□其它＿＿＿

購書地點：□網路書店　□實體書店　□書展　□郵購　□贈閱　□其他

您從何得知本書的消息？
□網路書店　□實體書店　□網路搜尋　□電子報　□書訊　□雜誌
□傳播媒體　□親友推薦　□網站推薦　□部落格　□其他＿＿＿＿

您對本書的評價：(請填代號　1.非常滿意　2.滿意　3.尚可　4.再改進)
封面設計＿＿　版面編排＿＿　內容＿＿　文／譯筆＿＿　價格＿＿

讀完書後您覺得：
□很有收穫　□有收穫　□收穫不多　□沒收穫

對我們的建議：＿＿＿＿＿＿＿＿＿＿＿＿＿＿＿＿＿＿＿＿

請貼
郵票

11466
台北市內湖區瑞光路 76 巷 65 號 1 樓
秀威資訊科技股份有限公司 收
BOD 數位出版事業部

（請沿線對折寄回，謝謝！）

姓　　名：____________　年齡：______　性別：□女　□男

郵遞區號：□□□□□

地　　址：______________________________

聯絡電話：(日)____________ (夜)____________

E-mail：______________________________